W0322231

AtV

Erwin Strittmatter wurde 1912 in Spremberg als Sohn eines Bäckers und Kleinbauern geboren. Bis zum 16. Lebensjahr Realgymnasium, danach Bäckerlehre. Arbeitete als Bäckergeselle, Kellner, Chauffeur, Tierwärter und Hilfsarbeiter. Im Zweiten Weltkrieg Soldat, desertierte er gegen Ende des Krieges. Ab 1945 arbeitete er erneut als Bäcker, war daneben Volkskorrespondent einer Zeitung und seit 1947 Amtsvorsteher in sieben Gemeinden, später Zeitungsredakteur in Senftenberg. Lebte seit 1954 als freier Schriftsteller in Dollgow/Gransee. Er starb am 31. Januar 1994.

Romane: Ochsenkutscher (1951), Tinko (1955), Der Wundertäter I–III (1957, 1973, 1980), Ole Bienkopp (1963), Der Laden I–III (1983, 1987, 1992), Erzählungen und Kurzprosa: Pony Pedro (1959), Schulzenhofer Kramkalender (1966), Ein Dienstag im September (1969), 3/4hundert Kleingeschichten (1971), Die Nachtigall-Geschichten (1972, 1977, 1985), Selbstermunterungen (1981), Lebenszeit (1987). Aus Tagebüchern: Wahre Geschichten aller Ard(t) (1982), Die Lage in den Lüften (1990). Dramen: Katzgraben (1953), Die Holländerbraut (1959).

Mit einem amerikanischen Lastwagenkonvoi gelangt Esau Matt im grünen Juni 1945 von Böhmen nach Thüringen. Doch in Grottenstadt hat er kein Zuhause mehr, und so muß der Heimkehrer weiterwandern auf der Suche nach Unterkunft und Arbeit. Der Zufall führt ihn zum *Garten Eden,* und Esau Matt kommt zu seinem 12. oder 13. Beruf: Plantagenarbeiter. Und plötzlich hat er auch Zeit zum Lesen, zum Schreiben und zum Sinnen über Vergangenes und Künftiges, über die Erlebnisse im Krieg, über verlorene Liebe und über den krummen Lebensweg eines wunderlichen Schreibers … bis er sich aufmacht nach Bossdom. Aber das ist dann schon eine andere Geschichte, die vom „Laden. Dritter Teil“.

Erwin Strittmatter

Grüner Juni

Eine Nachtigall-Geschichte

Aufbau Taschenbuch Verlag

ISBN 3-7466-5402-5

2. Auflage 1995
Aufbau Taschenbuch Verlag Berlin

Umschlaggestaltung Bert Hülpüsch, Berlin
unter Verwendung eines Fotos von Gerhard Kiesling
Druck Elsnerdruck, Berlin
Printed in Germany

Es ist Kriegs-Ende, das Ende des zweiten Krieges, den ich erlebe. Ich habe Dokumente gefälscht und mich fünf Monate vor Kriegs-Ende aus dem Soldatenstand entlassen. Ich habe Zivilzeug angezogen, das ich schon ein Jahr lang in meinem Gebirgsjägerrucksack umherschleppte, und ich lebe bei einer deutschen Bäuerin in Böhmen, versteckt und unversteckt, je wie die Verhältnisse es erfordern. Ich gehöre zu den Leuten im Ort, die die weiße Fahne auf den Kirchturm tragen, als die Amerikaner anrücken. Ich werde von meiner Bäuerin hinter Rüben versteckt, als die Deutschen noch einmal zurückkommen und die weiße Fahne vom Kirchturm holen. Und als die Deutschen abziehen, schaffen wir die weiße Fahne wieder auf den Kirchturm, und die Amerikaner ziehen ein. Unheldische Taten, an denen ich beteiligt bin, und ich tue diese unheldischen Taten in der Gegend von Oberplan, in der Gegend, in der der Stifter Bertl, ein weitläufiger Schriftsteller-Verwandter von mir, gelebt hat, der auch kein Held nicht war.

Die Amerikaner nehmen mich nicht gefangen, weil die Antifaschisten des Ortes bescheinigen, daß ich schon längere Zeit als Zivilist unter ihnen lebte, und ich bleibe frei. Vielleicht wird einmal Zeit sein, über das alles zu reden, vor allem darüber, daß ich dann doch noch erschossen werden sollte, obwohl ich nicht gern von Krieg und Kriegstaten rede. Diese Abneigung bildete sich in der Kindheit bei mir heraus, weil der Vater und die biertrinkenden Bergarbeiter im Laden meiner Mutter vom Krieg als von ihrem *größten Erlebnis im Leben* erzählten und das besonders, wenn sie angetrunken waren. Und sie erzählten davon, was sie mitgemacht hatten, und was alles sie ausgehalten hatten, und wie durabel sie waren, nicht totzukriegen. Und eben, sie waren die reinsten Helden, obwohl sie, bevor sie mit dem Biertrinken anfingen, um die Wette bezeugten, standfest sozialdemokratisch zu sein – Sozialdemokraten und nie wieder Krieg!

Es ist Juni, und ich behäufle bei meiner Bäuerin in der Nähe von Oberplan die Kartoffeln. Es ist Juni, der grünste Monat des Jahres, und ich fühle mich wie wiedergeboren, und ich, der das zweite Mal das Ende eines Krieges erlebt, kann mir nicht vorstellen, daß die Führer der Völker noch einmal aufeinander losgehen und Leute in Kriege jagen werden.

Es kommt eine Nachricht zu mir auf das Kartoffelfeld der Bäuerin Sauheitl, und die Nachricht besagt: die Amerikaner haben einen Zivilistentransport nach Thüringen zusammengestellt; Frauen und Kinder, die bei den Bombardierungen nach Süden geflüchtet sind, sollen in den Norden zurückgebracht werden, und ich darf mit.

Ich fahre in einem Lastwagenkonvoi bis in die Gegend von Jena und lasse mich dort in einem Dorf absetzen. Es ist immer noch Juni und ein sonniger Tag, und *die Luft ist voller Lerchenlaut*, und es wäre mir wohl, wenn die fünf Worte aus einem Gedicht von mir wären, aber sie sind aus einem Gedicht von Storm.

Die Heimatsucher, die auf dem Last-Auto hocken bleiben, rufen mir *Viel Glück* zu, und es steigt noch jemand aus einem anderen Auto, und als sich die blaugrauen Gaswolken des Amerikaner-Autos verzogen haben, sehe ich eine Frau bei mir stehen, und die Frau ist sehr schlank, sehr blond, trägt schwarze Reithosen und Langstiefel, und jeder Zoll an ihr ist arisch. Sie wäre die Tochter eines Dorfpfarrers, erzählt sie, und ich möge sie einmal besuchen, wenn ich wieder *Tritt gefaßt* hätte.

Ich besuchte sie nie, weil ihre Blondheit mir zuwider war, aber doch vergesse ich sie auch nie, weil sie eine Pfarrerstochter war und schwarze Reithosen anhatte, wie sie die arischsten der Arier trugen.

Ich komme nach Grottenstadt, doch die Frau, von der ich mich vor zwei Jahren verabschiedete, ist nicht mehr meine Frau. Es ist zu einer Scheidung gekommen; sie haben sich scheiden lassen; sie sind voneinander geschieden worden, und mehr so Formulierungen hält die Umwelt für jene Leute bereit, die einst Eheleute waren und nicht mehr zusammengehören.

Damals forschten die Scheidungsrichter noch nach der Schuld. Wahrlich, ich sage euch, stets sind beide Partner unschuldig. Hinter Mißehen steht das Leben, das hat seinen Lieferplan, und das braucht Menschen von bestimmter Geistes- und Charakterbeschaffenheit. Es treibt die heterogensten Partner zueinander, um zu Menschen zu kommen, die es braucht. Es treibt die Frau auf den Mann hin und den Mann in die Frau hinein. Und wenn mir einer sagt: ich sehe nichts Besonderes an und in den Kindern, die ich zeugte, so sei ihm erwidert, er möge nicht nur an sein kurzes Leben hier vor dem Vorhang denken, in dem er schon nicht mehr erfährt, wer da aus der vierten Generation seiner Nachkommen aufsteht und andeutet, was das Leben mit ihm gemeint haben könnte.

Menschenpaarungen werden von Staatsbeamten abgesegnet und zu Ehen erklärt, die wieder geschieden werden können. Aber es gibt unter den Geschiedenen Leute, die können die ihnen vom Leben auferlegte Zeugungsstunde nicht und nicht vergessen, und die rennen nach der Scheidung wieder zueinander und werfen sich übereinander. Und daß ichs nicht vergeß bei meinem gelehrten Gerede: es kann auch sein, daß nur einer der Partner mit der Sehnsucht nach jener ihm vom Leben vorgeschriebenen Zeugungsstunde beflucht ist und sich nach seinem Partner hinsehnt, nach seinem Partner, der schon nichts mehr von ihm weiß, und es kann sein, daß ich so ein Befluchter bin.

Ich hätte mein Nachkriegsleben an jeder Stelle des Landes aufnehmen können, hätte nach Österreich gehen und dort eine Heimat haben können, aber meine einseitige Sehnsucht verhilft mir zu Ausreden: In Grottenstadt werden die bürokratischen Unterlagen über mein Vorkriegsleben aufbewahrt, ohne die ich nichts und niemand bin, rede ich mir ein, und außerdem ist mir bei der sogenannten Ehescheidung das Sorgerecht für meine beiden Söhne zugesprochen worden.

Der letzte Flieder des Jahres blüht, in den Vorgärten der Villen, die noch heil sind, blühen die Rosen, und auf den von Fliegerbomben zertrümmerten Häusern wächst das erste Mal Unkraut. Ich gehe am Saale-Ufer entlang, und der Schatten der Pappeln legt sich mir schwer auf den Gebirgsjägerrucksack. Ich gehe zu den Häusern der Armen, aber sie, die Geschiedene, wohnt nicht mehr dort. Hat sie wieder geheiratet? Schweig still, vernunftloses Herz!

Sie wohnt jetzt in der Stadtmitte auf dem Hinterhof des Rathauses. Eine Art Hausmeister kommt mir entgegen und befragt mich. Ich will zu Frau Soundso, und ich nenne meinen eigenen Familiennamen. Der Hausmeister weiß sogleich Bescheid. Eine dumme Freude durchfährt mich. Ich freue mich, daß diese Frau meinen Familiennamen noch nicht abgelegt hat.

In ihrer Wohnung werden Sie sie nicht finden, sagt der Hausmeister, und er zwinkert mit dem rechten Augenlid. Ich kann nicht erkennen, ob es sich um ein neurotisches Zwinkern oder um ein Zeichen handelt. Sie finden sie dort drüben auf der amerikanischen Wache, sagt der Mann und weist über den Hof, und wieder das Augenzwinkern, und als ich mich noch einmal nach ihm umsehe, zwinkert er wieder. Es ist doch keine Neurose. Der Hauswart hält mich wohl für ihren Mann, für ihren Heimkehrer; er hat Mitleid mit mir.

Ich stehe vor der Tür des Wachlokals und höre drinnen Männer und Frauen durcheinander reden und lachen, und ich klopfe an, aber mein Anklopfen wird nicht gehört. Ich öffne die Tür vorsichtig, denn soviel weiß ich, ich bin hier nicht erwünscht. Qualm von verbrannten Zigaretten wirbelt mir entgegen.

Der Raum ist blau geraucht. Trotzdem sehe ich sie auf dem Schoß eines Soldaten sitzen, und auf dem Schoß eines anderen Soldaten sitzt eine andere Frau. Und die Frau, die einmal meine Frau war, ist bestürzt und hüpft vom Schoß des Amerikaners. Sie ist verwirrt, und sie erklärt ihren Leuten da drinnen in ihrer Verwirrung, daß ich ihr Mann sei. My husband, sagt sie, und der Amerikaner, dessen Schoßkind sie war, springt auf: Husband hin, husband her, was habe ich, ein deutscher Kraut, in seinem Wachlokal zu suchen? Er weist mich herrisch hinaus, und er will mich pakken, doch sie stellt sich zwischen uns und sagt zu dem Amerikaner, der so aussieht, als wäre er die Kriegszeit über mit Säuglingsnahrung verpflegt worden: Not more, sagt sie, not more my husband. Nichts mehr, gar nichts, you understand, sagt sie, und so flott Amerikanisch spricht sie schon.

Habe ich geschrien oder gesungen? Bin ich ein Hofsänger? In den Fenstern der Hinterhofwohnungen ringsum erscheinen Gesichter. Sie verschwinden, wenn ich hinaufsehe. Ich drehe mich einmal um mich selber, als wollte ich mir in den Gebirgsjägerrucksack gucken.

Sie kommt heraus zu mir, sie ist ein Stückchen in *Camel*qualm geräuchertes Amerika und doch appetitlich wie eh und je. Sie hat Rouge auf den Lippen, und die Abgrenzungen vom Rouge sind zerküßt. Sie hat eine *Carmen*locke auf der Stirn, und die Locke ist neu für mich, sie scheint aus dem Himmel der Freuden auf sie herabgefallen zu sein.

Der amerikanische Sergeant beobachtet uns durch den Türspalt. Drinnen in der Wachstube kichert die andere Frau. Ich sehe nur diese Frau hier, die mit der Carmenlocke; ihren Haaransatz, habe ich ihn nicht vor Jahren gestreichelt?

Ich frage nach unseren Kindern. Sie weiß nicht, wo sie sind. Sie müßte sie erst suchen, aber sie hat keine Zeit jetzt.

Noch immer hat sich meine Hoffnung nicht erkältet; ich bitte sie um Quartier, für eine Nacht wenigstens. Der Sergeant hinter mir räuspert sich und ruft: Amy! Sie, die früher Amanda hieß, sieht mich mit dem Augenaufschlag an, mit dem sie mich stets besiegte: Es geht nicht, sagt sie. Ich soll den nächsten Tag kommen und mir die Jungen ansehen, sagt sie. Übernachte bei den Kaplans! sagt sie.

Die Kaplans wohnen in einem der kleinen Häuser hinter dem Dammtor. Das Haus ist der zwerglige Vorposten einer Fabrik. Ein gewitzter Grottenstädter hat die Fabrik im ehemaligen Garten des kleinen Hauses hochgezogen. Der Fabrikant läßt Steinbaukästen für Kinder herstellen. Albert Kaplan ist sein Chauffeur, sein Faktotum, sein Allesmacher. Martha Kaplan näht in der Wohnküche um Kleingeld für die Ärmsten der Armen, macht aus weiten Röcken enge Blusen, verlängert, verkürzt, fältelt und kraust, kurzum, sie ist der schneidernde Engel für die Frauen der Nichtshabenden. Albert ist stolz auf seine Martha. Martha ist die Tochter eines Tischlermeisters aus der Gegend von Querfurt. Ich sehe sie gern, ihrer geschickten Hände wegen, obwohl ihr Wesen ein wenig verschnörkelt ist, verschnörkelt wie die Wohnungseinrichtung, die ihr der Herr Vater in die Ehe schmiß.

Die Freundschaft mit den Kaplans brachte uns jene

Frau ins Haus, die sich jetzt im Amerikanischen übt, sie war, wie man das heute nennen würde, *modebewußt* und ließ fortwährend bei Martha Kaplan etwas ändern, kräuseln, raffen oder straffen. Daheim mußte *ich* leider darauf achten, daß wir als Familie auch kochkäse-, quark- und pflaumenmusbewußt blieben.

Geh mal mit zu den Kaplans, hieß es einst. Nette Leute, die Kaplans, hieß es, und ich ließ mich verleiten und ging mit zu den Kaplans, schon um dem Ruf entgegenzuwirken, der sich in der Nachbarschaft über mich ausgebreitet hatte, und der da besagte, ich wäre nicht ganz richtig im Kopf. Meine Nachbarn leiteten das von meinen abendlichen Schreibereien ab, die ich nach ihrer Meinung für nichts und wieder nichts, für nein und nimmermehr betrieb.

Albert Kaplan hat einen Klumpfuß, und sein rechtes Bein ähnelt dadurch einem Ausrufzeichen. Albert spricht schnell, und er spricht heiser, und er macht mich alsbald zu seinem Freund, und er hälts nicht aus, wenn ich nicht jeden zweiten Abend bei ihm in der Küche sitze.

Martha Kaplan sieht ein wenig kritisch auf Alberts Vielrederei herunter. Manchmal ergreift sie einen von Alberts in der Küche umherschwirrenden Sätzen und biegt ihn zurecht wie eine ihrer Haarnadeln. Albert sagt zum Beispiel von seinem Chef, der sei lieb wie ein Esel, und Martha schreitet ein: Einen Chef mit einem Esel vergleichen, das kannst nur du, sagt sie zu Albert, weil deine Eltern Eselvermieter unter der Wartburg waren. Martha dünkt sich von weit her zu sein, und Querfurt ist für sie eine Metropole. Bei uns in Querfurt wird das so gemacht, kann Martha sagen, und wie man es in der Gegend von Querfurt macht, ist für Martha die Norm.

Kaplans verzogener Sohn ist der Besitzer von vielen *Ausschußsteinbauklötzen.* Auf den wackligen Dielen von Kaplans Häuschen baut er Schlösser und Paläste, und er wird wild und beißt die Erwachsenen, wenn seine Schlösser zusammenfallen. Manchmal schenkt Wilhelmchen unseren Jungen einige von seinen Bausteinen ab. – Kleine-Leute-Freundschaft.

Die Frauen sprechen über ihre Themen in der Gegend der Nähmaschine, und wir, die Männerabteilung, konferieren in der Nähe des Spülbeckens. Hauptredner ist Albert. Es kommt ihm darauf an, für das, was er von sich gibt, gelobt zu werden. Wenn ich zu dem, was er *herausstellt*, schweige, lobt er sich selber, und wenn ich ihm nicht Gerechtigkeit zubillige, wird er selbstgerecht, und wenn er etwas gesagt hat, was er für wichtig hält, sieht er in den Spiegel über der Abwäsche und streicht sich mit der rechten Hand von vorn nach hinten übers iglige Haar. Albert hält fast alles für wichtig, was er sagt. Ich kenne damals die Wesensarten von Rednern noch nicht. Heute dagegen kenne ich viele, und manche erinnern mich an Albert. Ich sehe, wie sie leiden, wenn sie auf ihrem Rednerpult den heimischen Spiegel vermissen, nachdem sie einen Satz gesagt haben, den sie für wichtig halten.

Auf dem Dachboden der Steinbaukastenfabrik hält sich Albert Tauben: Orientalische Roller. Ich kann Albert keinmal besuchen, ohne seine Tauben anzusehen. Ich verstehe von daheim her dies und das von

Tauben, weiß zum Beispiel, wann der Täuber die Taube beim Brüten ablöst, weiß, daß sich Tauben schnäbeln, bevor der Täuber die Taube in Liebe tritt, und ich werde für Albert immer unentbehrlicher.

Orientalische Roller sind Purzeltauben. Sie überschlagen sich im Fluge, rollen von vorn nach hinten oder von hinten nach vorn, rollen sogar seitlich ab. Sieh mal den Schwarzen, und wie der purzelt, kann Albert sagen, und er hält das für wichtig, und er greift in die Tasche und holt seinen Taschenspiegel heraus und besieht sich.

Ich weiß nicht, ob die Kaplans noch leben, und wenn sie leben, wo sie leben, ich aber sitze seit dreißig Jahren in Grünhof und züchte orientalische Rollertauben. Aus welcher Tiefe unseres Vorlebens unsere Vorlieben doch kommen, die heutzutage *Hobbies* genannt werden müssen, wenn man von Deutschen verstanden werden will! Wir sind, obwohl Russisch verbündet, in der Sprache, in den Moden und Tänzen amerikanisiert, und wer das abstreitet, ist ein Blindling.

Manchmal laden uns die Kaplans zum Sonntags-Essen ein. Ich meine, ihr müßt euch einrichte, müßt spoare, sagt Albert vorsichtig, ich will euch nich beleidige, aber ihr müßt noch dies und das anschaffe, also eßt ihr Sonntag bei uns mit, da spoart ihr eine Mahlzeit, sagt er, und danach besieht er sich im Spiegel über der Abwäsche.

An solchen Sonntagen müssen wir schon am Vormittag bei den Kaplans eintreffen, und ich muß Albert beim Auspressen der geschnitzelten Rohkartoffeln für die unerläßlichen Thüringer Sonntagsklöße beistehen. Es genügt, wenn ich die Trockenheit der von ihm ausgepreßten Kartoffelschnitzel lobe. Ich würde den Sonntagvormittag lieber dazu verwenden, ein bißchen zu schreiben, aber Freundschaft ist Freundschaft, und ich muß sie halten, weil Martha für jene Frau, die jetzt einem Sergeanten aus Oklahoma gehört, ein neues Kleid näht, preiswert, fast umsonst.

Und doch – Freundschaften sind anfällig, sie kriegen Krankheiten, eine kleine Influenza, die rasch vorübergeht, manchmal eine Angina, die längere Zeit zum Ausheilen braucht, aber auch schwärende Wunden, die schwer oder gar nicht heilen: Eben jenes von Martha Kaplan preiswert genähte Kleid gefällt meiner damaligen Frau nicht; es ist ihr zu flach oder zu glatt in der Brustgegend oder sowas. Und Martha sagt: Du hast eben in dieser Gegend zu wenig. Das ist, wie ich meine, für eine Frau eine ähnliche Beleidigung, wie wenn ich zu einem Mann sage: Weshalb rasierst du dich eigentlich, die paar Federn in deinem Gesicht stören keinen Menschen.

Seit jenem Sonntag geht meine damalige Frau nicht mehr zu den Kaplans, aber ich muß zu den Kaplans gehen, Albert holt mich ab. Niemand kann die Qualitäten seiner Purzeltauben so würdigen wie ich. Unterwegs aber sagt Albert: Du kommst nun immer und kommst und bist die freundschaftliche Treue in Person, und sie kommt nicht und geht ihrer Wege. Ihr paßt nicht zusammen, an deiner Stelle würde ich mich laßt scheide! sagt er und besieht sich im Taschenspiegel. Albert fürchtet wohl, daß mich meine Damalige mit der Zeit zurückhalten wird, und daß ich nicht mehr zu ihm und seinen Tauben komme. Nichts zu fürchten, ich bin imstande, Freundschaften über längere Zeiten auszuhalten, auch wenn sie einseitig sind. Stöße von Freundesbriefen auf meinem Schreibtisch beweisen es noch heute.

Ganz selbstlos wars, wie ich mich jetzt erinnere, doch nicht, wenn ich auch ohne meine Frau willig mit Albert zu den Kaplans ging. Albert war damals für mich, was heute für viele Zeitgenossen Radio und Televisor sind, von denen sie sich, ohne es zu bemerken, mit einem Wust aus Pseudo-Fortschritt, Pseudo-Neuigkeiten und Ungeheuerlichkeiten die eigenen Gedanken verschütten und versanden lassen. Ich ließ mir von Albert damals bewußt die eigenen Gedanken vertreiben, denn meine Gedanken, sie wollten aufgeschrieben werden, und sie peinigten mich, weil ich daheim nicht mehr die Ruhe fand, sie aufzuschreiben, außerdem fehlte mir das erste Mal im Leben die Kraft dazu. Wir arbeiteten, gleich als der Krieg ausbrach oder ausgebrochen wurde, täglich zwölf Stunden in der Fabrik, und ich brauchte eine Stunde für den Hinweg und eine Stunde für den Rückweg, weil ich, statt mir eine Wochenkarte für die Eisenbahn zu kaufen, Kinokarten für meine damalige Frau kaufte, um sie bei guter Laune zu erhalten.

Albert kam beim Erzählen so schön von einer Nichtigkeit in die andere, und ich ließ, wie schon gesagt, meine eigenen Gedanken, die Peiniger, bewußt von ihm zersetzen.

Ich habe jene Frau, die jetzt bemüht ist, eine Amerikanerin zu werden, nie so fest in ihren Vorsätzen gefunden wie dennmals. Nein und nein, sie geht nicht mehr zu den Kaplans, und Alberts Redereien sind für sie *Gequassel.* Die Weigerung der Amateur-Amerikanerin führt alsbald dazu, daß auch Martha Kaplan zu der Meinung gelangt, wir passen nicht zusammen, wir sollten uns scheiden lassen.

Die Vorschläge der Kaplans in dieser Richtung fangen mir an zu mißfallen. Ich setze eine Weile aus, zu ihnen zu gehen, aber dann treiben mich andere Umstände zu ihnen: Ich muß mir den Handwagen der Kaplans borgen, um Holzabfälle aus dem Sägewerk für uns heranzufahren. Und dann muß ich mir die Säge und ein Beil von den Kaplans borgen, denn alles das haben wir nicht, nicht Hammer, nicht Zange, und wir konnten es uns bei meinen zweiundzwanzig Mark Wochenlohn nicht kaufen, und ich muß es mir leihen und die Leihgebühr wieder mit regelmäßigen Besuchen bezahlen.

Als der Krieg schon in Fahrt gekommen ist, hängt unter dem Spiegel in der Klein-Leute-Küche der Kaplans eine Weltkarte, und die Weltkarte ist mit Fähnchen bepflanzt, mit Fähnchen auf Stecknadelspitzen, und Albert verbringt mindestens eine halbe Stunde jeden Abend damit, seine Fähnchen zu verpflanzen und dabei zu reden und zu reden, und ich höre ihn immer wieder sagen: Wo wir die Hauptstadt haben, da sind wir auch. Albert sitzt mit den arischen Eroberern in Paris und hat dort sein Stecknadelfähnchen gehißt, und er sitzt mit ihnen in Warschau, in Athen, in Bukarest, und er sagt: So sind wir eben, wir Deutschen. Er hat auch die Frontlinien mit Fäden markiert, mit weißen Fäden, wie ich mich erinnere, und er hat tagtäglich sein Getu, die Fronten nach dem Muster zurechtzurücken, das ihm das Leben der lieben Deutschen draußen in fremden Ländern vorschreibt. Und alles Getu wird von Alberts Gerede begleitet, und ab und zu sieht er in den Spiegel.

Ich soll also zu den Kaplans gehen, sagt die heranwachsende Amerikanerin, und sie empfiehlt es mir mit angehobenen Mundwinkeln, mit jenem Mundzug, den man höhnisch nennt.

Und ich gehe wirklich zu den Kaplans. Wohin soll ich sonst gehen? Ich brauche ein Unterkommen, wenigstens für eine Nacht.

Die Kaplans sind ein bißchen abgemägert, aber sie sind wohlauf, und sie haben ihre Freude an mir. Ich verschaffe ihnen Glücksaugenblicke: Haben wirs nicht immer gesagt, triumphieren sie, ihr paßt nicht zusammen. Es gibt ja so Menschen, die Glücksaugenblicke haben, wenn sich ihre Voraussagen bestätigen. Habe ich nicht immer gesagt, daß er fähig ist, seine eigene Mutter zu erschlagen? Nun ist es geschehen, können so Leute sagen und triumphieren.

Die Kaplans freuen sich und triumphieren über meine Geschiedenheit oder wie man das nennt. Sie tun so, als wären wir, sie und ich, von jetzt an fürs Leben vereint, und sie zehren an dieser Vorfreude, bis Albert sagt: Morgen mußt du dann aufs Arbeitsamt! Er streicht sich von vorn nach hinten übers Strubbelhaar und sieht in den Spiegel über der Abwäsche. Ich wollte eigentlich erst meine Söhne besehen gehen, aber Martha verbietet es mir geradezu. Zuerst aufs Arbeitsamt! befiehlt sie, es ist der Lebensmittelkarten wegen.

Bevor ich am nächsten Morgen zum Arbeitsamt

gehe, muß ich mir Alberts Tauben ansehen. Albert läßt mir damit eine Wohltat angedeihen: Hast so lange keine anständigen Roller gesehen, armer Hund, sagt er. Orientalische Roller sind das Salz in Alberts Lebenssuppe, und ich bewundere Alberts Roller, und ich handle mir damit sein Wohlwollen für den nächsten Tag ein. Ich bewundere vor allem die Rotschecken unter den Tieren, von denen Albert behauptet, er habe sie im Laufe der Zeit erzüchtet. Ich widerspreche ihm nicht, um ihn wohlwollend zu erhalten. Ich werde mich nicht hinstellen und von Alberts rotscheckigen Tauben wie ein Wissenschaftler behaupten, sie wären eine Mutation; das fehlte gerade, und was wäre damit besagt und bewiesen?

Auf dem Arbeitsamt sitzt ein Mann, dem hats ein Bein weggerissen. Man hat ihn gewiß auf diesen Platz gesetzt, als zuletzt alle zweibeinigen Männer für den sogenannten Sturm des Volkes eingezogen wurden. Jeder Mann wurde benötigt, um das Leben des besessenen Arierführers in seinem bombensicheren Bunker in Berlin um eine hundertstel Sekunde zu verlängern.

Der Arbeitsanweiser mustert mich. Die Narben in seinem Gesicht lassen ein wenig Freundlichkeit durchschimmern. Dann starrt er auf meine Karteikarte und liest halblaut die Litanei meiner Berufe herunter: Bäcker, Pelztierzüchter, Farmer, Land-Arbeiter, Veterinärgehilfe, Bereiter, Kraftwagen-Lenker, Chemie-Fach-Arbeiter undsoweiter undsoweiter. Und was sind Sie nun wirklich? fragt er.

Schriftsteller, sage ich. Schreiben Sie *Schriftsteller* als neuen Beruf in meine Karteikarte.

Aber das sind Sie doch nicht, sagt der Mann.

Aber das möcht ich von jetzt an sein, antworte ich.

Der Mann mustert mich wieder. In seinen Augen glimmt Mitleid auf. Er sieht in mir einen Hirngeschädigten, und er geht auf meinen Größenwahn ein, er will mich nicht zum Widerspruch reizen. Es gäbe aber in Grottenstadt keine einzige Schriftstellerei. Damit hatte der Mann recht. Die einzige Schriftstellerei mit mehreren Gesellen lernte ich erst später kennen; es war die vom gewitzten Augsburger, in die ich sechs Jahre später eintrat, weil er mich dazu einlud.

Der Mann redet sanft mit mir. Wir waren in jener Zeit alle etwas sanfter und halfen einander, wenn es anging. Sie müssen ja, sagt der Mann, bis sich Arbeit als Schriftsteller für Sie findet, von etwas leben. Bis neunzehnhundertundzweiundvierzig, steht hier, waren Sie Chemie-Fach-Arbeiter, aber Ihr Betrieb ist zerbombt. Sie haben, steht hier, mit Landwirtschaft und Pferden zu tun gehabt. Ich würde Ihnen raten, in die Landwirtschaft zu gehen. Dort gibts zur Zeit die meisten freien Stellen. Vor allem, sagt er, und jetzt wird er deutlich, werden sich Ihre Nerven nach der Verschüttung, oder was Sie sonst durchgestanden haben, wieder erholen. Außerdem finden Sie dort einigermaßen zu essen, und Sie schlagen zwei Fliegen mit einer Klappe.

Drei, sage ich.

Wieso? fragt er.

Sie haben drei Fliegen aufgezählt, antworte ich, und damit scheint sich für ihn zu bestätigen, daß ich wirr und voll Widerspruchsgeist bin, und er bescheinigt mir, daß ich Arbeit suche und Lebensmittelkarten zu beanspruchen habe, und ich freue mich, daß ich mit meinen Lebensmittelkarten wenigstens in Martha Kaplans Augen ein normaler Mensch sein werde.

Meine Söhne fallen mir nicht um den Hals. Der jüngste kennt mich so gut wie gar nicht, und der ältere hat mich so gut wie vergessen. Ihre Mutter, wie dankbar muß ich ihr sein, hat ihnen vorsichtig beigebracht, daß ich ihr Vater sei, und ich bin froh, daß sie wenigstens diesen Dienstgrad für mich anwenden.

Wir bauen uns in einem Wäldchen vor der Stadt aus Zweigen ein Vogelnest, in das wir alle drei hineinpassen. Ich bin der Altvogelvater und fliege um Futter aus. Ich sehe vielleicht in meinen hellen Manchesterknickerbockers einem Bussard, einem von der hellen Art, nicht unähnlich. Ich fliege also, bringe mich außer Sicht und ziehe die kleine Hausmacherhartwurst, die mir Frau Sauheitl, meine Versteckswirtin, mitgab, aus der Hosentasche, schneide eine Scheibe und dann eine zweite ab, fliege mit ausholenden Flügelschlägen zum Nest, zu meinen Jungvögeln zurück und bin bemüht, mir den Vatertitel zu verdienen: Ich stopfe meinen Söhnen die Wurstscheiben in die Münder, fliege wieder davon, schneide im Versteck wieder von der Wurst ab und fliege zurück und stopfe die Jungen. Sie heißen übrigens Arne und Jarne. Ich weiß nicht mehr, welcher von den Jungen damals die Frage nach der Altvogelmutter stellt. Ich beantworte sie elegant: Die Altvogelmutter wird zur Zeit von einem Vogelhändler gefangengehalten.

Auf dem Rückweg in die Stadt stelle ich fest, daß ich mir den Vatertitel noch nicht verdient habe. In den Sympathien der Jungen stehen die *Onkels* an der Spitze: Gehst du mit Onkel Henry nach Kalifornien? fragt Arne, oder gehst du mit Onkel Jim nach Texas? Texas, antwortet Jarne, und sie unterhalten sich über ihre Ausreise, und ich spiele in der Zeit, die wir die Zukunft nennen, keine Rolle für sie. Es hilft auch nicht, daß ich aus meinem Brotbeutel ein Stück von der Schinkenschrote ziehe, die mir meine Lebensretterin als Wegzehrung mitgab. Ich sehe sie in diesem Augenblick mit ihrem straff nach hinten gekämmten Haar, mit dem Mittelscheitel und dem Knoten im Nacken, der dort liegt wie eine etwas zu breit gelaufene Bäckerschnecke. Ich denke an sie und daran, daß sie katholisch war, und daß sie alles Gute, was sie mir antat, in der Hoffnung tat, daß man ihrem Sohn, von dem sie keine Nachricht hatte, in der Kriegsfremde das gleiche Gute tun würde.

Ich gehe Arbeit suchen. Mein Weg ist von Rosen bekränzt, von einfachen, nach Kindheit duftenden Heckenrosen, denn es ist immer noch Juni. Ich gehe Arbeit suchen, ich bin unterwegs zu angebotenen Knechtstellen in den Bergen. Ich habe zehn Angebote in der Tasche, und ich will die Stellen in den Bergen zuerst belaufen, weil in den Bergen die Gesundheit zu Hause sein soll. Ich bin nicht krank, aber ein Vorrat an Gesundheit kann nicht schaden. Der Kuckuck ruft, doch was soll ich auf das Geld in meiner Börse klopfen, es wird demnächst ein Untertan des Dollars und wertlos sein.

Ich komme in das erste Dorf, das mir mein Stellenverzeichnis benennt, und es ist alles da, was zu einem Gebirgsdorf gehört: Häuser, Höfe, eine Schule, eine kleine Kirche, Touristenbänke, geschnitzte Ortstafeln, wegweisende Figuren mit übergroßen Zeigefingern, und die Bauern fahren Heu ein. Ich gehe zu dem Bauerngehöft, in dem die freie Stelle hocken soll, und das Hoftor ist weit geöffnet, der Hof will mich umarmen, aber der Hofhund bellt und macht Kettengeklirr. Ich gehe, nur ein bißchen zum Spaß und um meiner guten Laune zu gefallen, auf den Hund zu, und der zeigt mir seine Zähne, und alle Zähne in seinem Maul sind vorhanden. Die Hundezüchter in der Stadt würden ihn zum Zuchthund stempeln, wenn er von Rasse wäre.

Die Bäuerin steht in der Küche. Sie ist dünn und krumm wie ein Türkensäbel, und sie ist angeschmutzt. Sie kann sich vielleicht nicht waschen, ihre rechte Hand steckt in einem Verband, mit der linken Hand schmiert sie Quark und Butter auf Brote, und eines der Brote wird gewiß meines sein, wenn die Stelle schon besetzt sein sollte.

Die Stelle ist so gut wie besetzt. Ein von den Amerikanern früh entlassener Gefangener kam von hinten, von Franken her, übers Gebirge und hat sie besetzt, und besetzt ist besetzt, aber ich soll warten, bis der Bauer mit der Heufuhre heimkommt; es ist möglich, daß er einen zweiten Knecht einstellt, weil die Frau mit ihrer bösen Hand nicht mit ins Heu kann. Die Bäuerin wickelt den schmutzigen Lappen herunter und zeigt mir die schwärende Wunde auf dem Handrücken, und sie giert auf Zuspruch, auf Tröstung.

Woher die eiternde Wunde?

Von allein geworden. Die Bäuerin drückt Eiter aus

der Wunde und wischt ihn mit der blanken linken Hand ab, und mein Verlangen nach einem der Quarkbrote verschwindet.

Der Bauer fährt zweispännig mit der Heufuhre in den Hof. Pferde und Fuder sind von Fliegen umwimmelt. Dicke Bremsen ziehen mit in den Hof ein. Pferde sind mir stets wichtiger gewesen als manches andere. Das eine Pferd ist ein überalterter Wallach, das andere eine nicht viel jüngere Stute, sie hat einen Senkrücken, und sie dreht auf der rechten Hinterhand; zwei Pferde, die der Krieg als unbrauchbar ausspie. Ich kriege den Heuduft zu fassen, oder kriegt er mich zu fassen? Und über dem Heuduft schwebt ein Überdrauf Poesie. Und wieder die Frage: Packt sie mich, oder packe ich sie? Hinter dem Heuwagen geht im Militär-Makohemd mit feldgrauen Hosen der Mann, der meine Arbeit gefunden hat, und er grinst schadenfroh.

Die Bäuerin nimmt mich beiseite und empfiehlt mir, ich möge mich bei ihrem Manne *einkroatze* und mit *abloade.*

Ich helfe Heu abladen, nicht, weil ich noch auf die Knechtstelle hoffe, sondern um mir die Naslöcher mit Heuduft zu füllen; Heuduft ist Kindheit, Heuduft ist Frieden.

Der Bauer ist trocken, der Bauer ist braun, einer von den Thüringern mit schräggestellten Augen, einer von den Hunnen her. Er bedankt sich nicht für meine Mithilfe, er ist es gewohnt, daß Fremde bei ihm mithelfen. Vor drei Monaten waren es noch ausländische Kriegsgefangene, denen er die Arbeit für ein wenig Essen hinwarf; jetzt ists der Mann in der grauen

Hose, jetzt bin ich es, jetzt sind es wir, die *Kriegsverlierer. Er* hat den Krieg nicht verloren, er hat getan, was er konnte, hat Fressen an die Front geliefert, und die Kerle draußen haben die Kraft, die ihnen aus dem Fressen kam, benützt, um vor den lumpigen Russen davonzurennen.

Der Wagen ist leer, die Bäuerin und der Bauer tuscheln miteinander. Ich nehme mir eine Handvoll graugrünen Grassamen von der Wagenunterlage und stecke ihn mir als Wohlduft in die Tasche.

Die Bäuerin versucht offenbar ihren Mann davon zu überzeugen, daß er mich einstellen soll. Sie wikkelt wieder ihre schwärende Hand aus, zeigt sie dem Bauern und jammert. Die Stimme des Bauern fährt wie eine Stichflamme in ihr Geklage: Hab ich dir nich gesacht, druff seeche sollste?

Die Frau geht ins Haus und kommt mit zwei Broten für mich zurück. Ich nehme sie, ich bin nicht so, ich lasse mich belohnen und mache den Dorfhunden, die mich begleiten, mit den Broten eine kleine Freude.

Am Abend muß ich, ohne etwas erreicht zu haben, wieder bei den Kaplans zukehren. Sie sehen mir erwartungsvoll ins Gesicht. Es ist immer noch das Gesicht, das mir die Kriegsverhältnisse aufzwangen. Es hat noch keinen Grund für ein friedensmäßiges Lachen oder Lächeln gefunden, es fand noch keine Gelegenheit.

Noch keine Arbeit gefunden, nein!

Die Kaplans scheinen zu befürchten, daß ich den Ausdruck einer kleinen Überdrüssigkeit in ihren Gesichtern erhascht habe; sie schalten sogleich auf freundschaftliche Duldsamkeit um. Wird ja woll werde, sagt Martha und macht sich an Bratkartoffeln zu schaffen.

Albert erwartet mich in der Männer-Ecke beim Spülbecken. Er prahlt mir vor, daß ihn der Krieg hier in der Steinbaukastenfabrik sozusagen auf eine Lebensstellung gesetzt hat. Er hat alles hoch- und zusammengehalten, er, als Versehrter, wie er sich nennt. Der Chef, immer noch in amerikanischer Gefangenschaft in Italien, schreibt ihm Briefe wie einem Kompagnon. Kinder wirds immer geben, schreibt der Chef, selbst wenn es viele Bastardkinder geben wird, sie werden nach Steinbaukästen gieren. Lieber Albert, schreibt der Chef weiter, sobald ich wieder heim bin, werden wir uns friedensmäßige Modelle, Häuser, Villen und Rathäuser und sowas laßt anfertige, und Bunkers, Festungen und Westwalls vorläufig nicht mehr, lieber Albert.

Da kannste sehen, welches Vertrauen! sagt Albert, und er zieht seinen Kamm aus der rechten Gesäßtasche, stellt sich vor den Spiegel und fährt sich durchs Haar. Neu ist, daß er einen Schritt näher an den Spiegel herantritt und seinen rechten Augwinkel mustert. Dort ist ihm eine kleine Warze gewachsen.

Albert versucht mir zu erklären, in welcher Gegend Italiens sein Chef gefangengehalten wird. Die große Weltkarte mit den Fähnchen, hast du sie nicht mehr? frage ich und erkenne meine Ungeschicklichkeit: Albert sieht mich so mißtrauisch an, wie er soeben die Warze in seinem Augwinkel ansah. Er will nicht mehr an seine Rolle als Kriegs-Optimist erinnert werden.

Morgen wird sich denn enne Arbeit for dich laßt finde, sagt er.

Am nächsten Morgen ist der schöne grüne Juni vom Landregen verhängt. Für mich darf der Regen nicht da sein, ich muß Arbeit suchen und finden. Es fällt mir der alte Lodenmantel mit dem Webfehler ein, der vom Großvater her. Es wird von ihm noch die Rede sein.

Hoffentlich hat ihn die Frau, die auf dem besten Wege ist, eine Amerikanerin zu werden, nicht in die Lumpen geworfen. Ich habe einen Grund, schon morgens zu ihr zu gehen, und ich gehe zu ihr: Meine Söhne haben soeben ausgeschlafen und begrüßen mich in viel zu kurzen Hemden. Ich muß nicht nur nach Arbeit, sondern auch nach längeren Hemden für sie suchen. Sie betteln mich um Schokolade an. Für einige Augenblicke bedaure ich, daß ich nicht aus Texas bin.

Der fehlerige Lodenmantel vom Großvater ist noch da, ebenso mein dunkler Anzug mit den Nadelstreifen, mein Bräutigamsanzug, die schwarzen Halbschuhe, die dazu gehören, auch einige Bücher sind noch da, wohl jene, die sich schlecht verkaufen ließen. Der ganze Schopenhauer von Reclam zum Beispiel und der Tolstoi in Halbleder, den ich mir als junger Mann erhungerte. Ich bin Besitzer von silbernen Schätzen, und ich nehme mir vor, sie abzuholen, sobald ich eine Bleibe habe. Nun aber brauche ich den Lodenmantel, weil es regnet und: Auf Wiedersehen!

Ich steige wieder ins Gebirge hinauf und vergesse Schritt bei Schritt die Heckenrosen am Wegrand, und daß sie gestern da rosa auf mich einredeten und dufteten. Es gehen krumme Gedanken in mir um. Weshalb muß ich Arbeit bei anderen suchen, weshalb verrichte ich nicht Arbeit, die sich mir aus Eigenem anbietet? In meinem Kopfe drehen sich Gedanken wie Spiralnebel zusammen, werden reif und wollen aufgeschrieben sein. Aber wer würde mir und meinen Söhnen für das, was ich aufschreibe, etwas zu essen geben? Der zweite Mann in mir ist wieder erwacht. Es ist jener Mann, der sich nicht damit abfinden konnte, daß er Esau Matt sein sollte, als er noch ein Junge war. Dieser inwendige Mann geht mit mir umher. Manchmal rührt er sich wochenlang nicht. Nun ist er gestorben, denke ich dann, und auf einmal ist er doch wieder da und in der Regel dann, wenn ich was tue oder was tun soll, was andere von mir verlangen, und dann ist er mir ein rechter Aufsack, dieser zweite Mann. Andererseits ist er derjenige, der mich errettet, der mir die Welt verzaubert, wenn ich umherhinke, umfallen und am liebsten sterben möchte.

Ich komme in ein triefendes Dorf. Wieder Bauernhäuser, wieder eine Kirche, eine Schule, aber alles von dieser Regenlasur überzogen. Ich frag mich zu dem Bauern durch, bei dem nach der Aussage des Arbeitsamt-Mannes eine unbenutzte Arbeit umherliegen soll.

Der Bauer hat Augenbrauen, die reichen bis in die Stirn hinauf, und nach unten wuchern sie in die Augenhöhlen. Es ist kein Wetter zum Heueinfahren, und der Bauer schnitzt an einem neuen Heubaum, der alte ist ihm zerbrochen. Kannste mitn Fuhrwerk foahre, fragt er mich.

Ich kann.

Verstehste was von Pfäre?

Ich nicke. Mein Herz fängt an zu hüpfen. Der Bauer mißtraut mir, er führt mich in den Stall. Es stehen zwei Pferde im Stall, zwei dunkelbraune. Ich soll sagen, welches die Stute und welches der Wallach ist. Es sind zwei Wallache. Der Bauer scheint zufrieden zu sein. Hoffentlich hört er mein Herz nicht pochen. Ich soll ihm meine Hände vorweisen, sagt er, Handflächen nach oben. Ich weise ihm meine Hände vor. Schreiberhände, sagt er. Ich soll auf dem Arbeitsamt Bescheid sagen, sie möchten ihm einen schicken, der arbeiten kann.

Es widerstrebt mir, dem Bauern meine Hände anzupreisen. Schreiberhände, das habe ich oft gehört, sogar von meinem Vater. Schreiberhände, deshalb konnte ich auch, nach der Meinung des Vaters, nicht Haus- und Hof-Erbe werden. Soll ich mich vor diesem Bauern für die mir vom Leben verordneten Hände entschuldigen? Warte nur, warte, der Wind wird sich drehn, sagt der Mann in mir, der nicht Esau Matt sein will.

Es will dunkel werden in mir: wenn das der Frieden ist, auf den die halbe Menschheit hinwartete! Aber der Himmel scheint mit der Dunkelheit, die sich in mir ausbreiten will, nicht einverstanden zu sein. Ein leiser Wind zerfetzt die Regenwolken, Himmelsblau drängt sich in die Wolkenrisse, der Regen hört auf, die Sonne ist da und läßt das Junigrün aufleuchten. Ich bin zwischen zwei Dörfern in einem Waldstück. Der Waldboden ist mit feingefiederten Blättern bedeckt, zwischen den Blättern rote Pünktchen:

reife Walderdbeeren. Ein Bibelspruch aus der braven Kindheit fällt mir ein: *Sie säen nicht, sie ernten nicht, und Gott ernährt sie doch.* Ich ernte und esse Walderdbeeren, bis deren Duft mir aus den Hautporen dringt. Meine Hoffnungen kommen wieder nach vorn: Auf meinem Laufzettel ist noch eine arbeitverheißende Stelle am Stadtrand verzeichnet, ein sogenanntes Obstgut. Schon auf dem Abweg erkenne ich es: Obstbäume, so weit ich sehen kann: Kirschen, Äpfel, Birnen, Beeren, schräg am Berghang, und die frühen Kirschen röten sich schon. Wieder fällt mir etwas aus der Bibelzeit der Kindheit ein. Es ist vielleicht nicht ganz schlecht gewesen, daß mir ein gewisser Lehrer Rumposch den Bibel-Inhalt mit dem Haselstock einprügelte. So muß der Garten Eden ausgesehen haben, denke ich.

Mitten in allem Obst und seinen Bäumen steht nicht gerade ein Schloß, doch immerhin eine Villa im Jugendstil, und der, der sie bauen ließ, dachte gewiß während der Bauzeit an ein Schloß und überredete den Baumeister, hier ein Türmchen und dort eine Verzierung anzusetzen.

Alle Regentropfen an den Baumblättern wiederholen die Junisonne mit Geglitzer. Rechts vom Eingang auf zwei Pfosten eine weiße Tafel. Sie ist so groß wie der Schneidertisch meiner Mutter. Ich kanns nicht lassen, mir immer wieder Vergleiche aus der Kindheit heraufzuholen, um sie als kleine Wärmequellen in meinem manchmal kühlen Erwachsenenalltag zu benutzen. Auf der weißen Tafel wird mir mit schwarzen Buchstaben aus Ölfarbe erklärt, daß ich im Begriff bin, ein beliebtes Ausflugsziel der Grottenstädter

Bürger zu betreten. Wenn ich auch als Mittelloser hier in Grottenstadt gelebt habe, ein Bürger dieser Stadt muß ich trotzdem gewesen sein; mein Name steht schließlich im Einwohnerregister, aber mein Ausflugsziel war dieses Obstgut nie. Bürgerliche Ausflugsziele sind mit Kaffee und Kuchen verbunden, und der Erwerb von Kaffee und Kuchen setzt Geldbesitz voraus, und Geld besaß ich nicht, und aus diesem Grunde konnte ich mir, als ich Bürger dieser Stadt war, auch nie die berühmten Höhlen von Grottenstadt ansehen. Ich sah Leute aus ganz Deutschland und viele Ausländer zu den Grotten pilgern. Für mich waren sie nicht vorhanden.

Es gehört noch nicht hierher, aber es gehört zu meinem Erzählstil, deshalb verlautbare ich gleich jetzt, daß ich in diese Grotten erst fünfzehn oder sechzehn Jahre später steigen werde, und ich werde in Grottenstadt sein, um kaukasischen Literaturprofessoren die Baracke in den Saalwiesen zu zeigen, in der ich damals wohnte, als mich manche Grottenstädter für asozial hielten, und ich werde mich schämen müssen, weil die Steinbaracke noch immer im luderigen Zustand dastehen wird, und weil noch immer Menschen drin wohnen werden, und weil noch immer derselbe Wucherer, Arier und Erbhofbauer von einem Wirt dort die Miete kassieren wird, ohne den Unterschlupf im geringsten bewohnbarer gemacht zu haben.

Ich steige Treppen. Die Treppenstufen erzählen mir mit ihren ausgedellten Mittelteilen, wie vielen kaffeelüsternen Besteigern sie sich demütig hinhielten. *Wiedereröffnet*, stand unten am Eingang auf der weißen Tafel. Was wird man jetzt ausschenken? Ein Getränk mit Ersatzzucker namens Alkolat, das in Mode ist? Es soll nicht meine Sorge sein. Meine Sorge soll sein, daß ich hier Arbeit kriege. Mit meinem Lodenmantel über dem linken Unterarm sehe ich womöglich aus wie ein vornehmer Herr auf dem Spaziergang. Die Treppe wird rechts und links von Buchsbaumsträuchern begleitet, und die sind barock beschnitten, und jeder Strauch sieht aus wie ein Häufchen zusammengerechten Grüns. Ich tauche meinen grünen Lodenmantel in das Gezweig eines Buchsbäumchens und stecke meine Hände, damit sie nicht wieder falsch Zeugnis gegen ihren Herumträger ablegen, in die Hosentaschen.

Ich nähere mich der Veranda, in der man einst brasilianischen Kaffee ausschenkte. In ihrem Innern scheint noch ein wenig Geklirr von Porzellangeschirr aufgehoben zu sein.

Es kommt mir ein Mann entgegen, der mit einem Knifflergesicht in die Welt sieht. Er bekniffelt auch mich. Er geizt mit seinen Worten, als ob jedes eine Mark wert wäre, und nennt sich Gaststättenpächter. Um Arbeit soll ich zum Obstgutbesitzer von hinten ins Haus gehen.

Am Hintereingang der Villa treffe ich auf eine sommerbraune Frau, beredsam, dunkel und etwas ägyptisch. Mit ihrem Blick tut sie mir ein bißchen was an. Ich ziehe die Hände aus den Hosentaschen und bringe sie hinter dem Rücken unter. Ich erkenne in den Augen der Frau ein Einverständnis. Sie scheint mich bereits in ihre innere Abteilung für sympathische Menschen eingewiesen zu haben. Glatzige

Blondheit und ägyptische Dunkelheit scheinen miteinander zu sympathisieren. Sie fragt mich, ob ich alles machen würde, wonach ein Garten verlangt; mit Mist umgehen zum Beispiel. Sie sucht nach meinen Händen, und ich weiß nicht, wo bleiben mit ihnen, aber da sagt sie, daß wir nachsehen gehen wollen, ob der *Vati* schon zu Mittag schläft. Der familiäre Ton, in dem sie mit mir umgeht, macht mich sicherer. Meine Hoffnung schlägt grün aus. Ich nehme meine Hände vom Rücken und zeige sie aller Welt.

Der *Vati* ist ein kleiner Mann, ein Knoten. Er liegt auf einer Chaiselongue und liest. Seine Augen gehen mit naiver Erwartung im Buch umher, als sollte ihm gleich verkündet werden, *was die Welt im Innersten zusammenhält.* Neben der Chaiselongue stehen die Gartenschuhe des Mannes und sind sehr fehl am Platze. Sie sind von außen gepolstert mit ausgetrockneter Lehmerde, und ihre Schuhzungen hängen seitlich heraus wie die Zungen von schwitzenden Hunden.

Der Mann erhebt sich langsam und sagt mir, daß er Höhler heißt, nachdem ich ihm versichert habe, daß ich Matt heiße. Er begrüßt mich und lädt mich ein, dieselbe Chaiselongue wie er zu besitzen. Aber die Frau schiebt mir einen Stuhl zu. In ihrem Gesicht ist die Freundlichkeit einer Septembersonne, und sie empfiehlt mich ihrem Manne, obwohl sie mich nicht kennt. Sie bleibt noch eine Weile und greift von Zeit zu Zeit in das ein, was man heute ein *Kadergespräch* nennt.

Der Mann verschafft sich einen akustischen Fragebogen von mir, und obwohl ich immer wieder bestrebt bin, meine Hände nicht an diesem Einstellungsgespräch teilnehmen zu lassen, erklärt er, wie ein Landarbeiter sähe ich nicht aus. Wie nur soll ich mich tragen und halten, damit man mir ansieht, daß ich es seit Jahren mit den gröbsten Arbeiten aufnahm? Der Mann, dieser Vati, holt mich aus meinem Gehader und versichert, daß man manchem Manne nicht ansähe, was er zu leisten vermag, und er meint auch sich ein bißchen damit. Er ist Studienrat, und ob er es noch ist, weiß er nicht, aber bisher war er es. Erst jetzt sehe ich die Menge von Büchern. Der Raum ist so gut wie mit Büchern tapeziert, und ich merke alsbald, daß ich es mit einem Mann zu tun habe, der heute junge Menschen belehrt und morgen schon überprüft, ob seine Belehrung bei denen Fuß gefaßt hat, ein Mann, der die Erfolge und Mißerfolge seiner Belehrungen mit Zensuren versieht. Die Zensuren beziehen sich eigentlich auf ihn, doch er schiebt sie jenen zu, die er belehrte. Er fragt mich nicht, ob ich Land umgraben, Spargelbeete anlegen oder Möhren behacken kann, er befragt mich nach Büchern. Ich sähe so aus, als ob ich dies und das gelesen haben müßte, sagt er, und er glaubte, mich mit seiner Menschenkenntnis zu verblüffen.

Die liebe Frau, in der Zigeuner- oder Ägyptergene anwesend sein müssen, geht davon. Sie ist nicht mehr nötig. Wenn der *Vati* von Büchern spricht, sagt sie, kann ich gehen, und *ich* weiß, daß ich angestellt bin.

Der Studienrat fragt mich, ob ich Nietzsche gelesen habe.

Ja, ich habe mich schon in der Jugend mit dem *Zarathustra* herumgeplagt. Ich bekunde frei und offen, daß mir an Nietzsche mißfiel, was mir an allen Philosophen mißfällt: Ein jeder ist auf sein System aus, in das er die ganze Welt hineinzubiegen versucht.

Der Studienrat fragt mich, ob auch ich der Meinung wäre, daß Nietzsche an allem schuld sei, was jetzt über uns hereingebrochen wäre.

Ich weiß es nicht und versichere, daß ich es durchdenken werde, und der Studienrat ist einverstanden. Es ist eine Grundlage, sagt er, wir werden weiter drüber reden, sagt er, und wann ich anfangen könnte, hier auf dem Obstgut und im Garten zu sein. Ich sage ihm, daß es mir am liebsten wäre, wenn ich sogleich meine wenigen Sachen aus der Stadt heraufholen und hierbleiben könnte, und ich erkläre ihm, wie es mir geht und so und so.

Der Mann trägt nicht nur den Titel eines Rates, er weiß auch Rat: Sie haben die Wächterhäuschen, die Gartenhäuschen, in der Plantage gesehen, sie sind beide noch frei, sagt er, Sie können einziehen, und Sie werden dort schöne Abende vorfinden, auch schöne Morgen, aber die Abende sind schöner, sage ich Ihnen. Das ist poetisch gesagt, und das imponiert mir, und so werde ich Plantagenarbeiter, und es ist mein zwölfter oder dreizehnter Beruf; ich weiß es nicht genau, ich muß erst nachzählen.

Ihr wißt, daß seit meiner Kindheit zwei Menschen in mir sind. Der eine, den ich den Hauptmenschen nennen will, damit er etwas zu schmunzeln hat, treibt Handarbeit und versucht, sich in der Welt zurechtzufinden, die ihr die Wirklichkeit nennt, und er läßt sich knechten und beleidigen. Mein anderer Mensch aber versteckt sich hinter dem Wirklichkeitsmenschen und benutzt jede Gelegenheit, hervorzulugen und zu erproben, ob ein bißchen Zeit für ihn da ist, oder ob seine Zeit ganz und gar gekommen ist. Er kommt hervor und tröstet mich zum Beispiel, wenn es mir in der Schule bei Lehrer Rumposch nicht gelingt, an einem frei hängenden Strick emporzuklettern. Er lächelt, als wüßte er etwas Besseres, wenn die Eltern mich tadeln und sagen, ich sei nicht so wie die anderen, und ich wäre so rasch beleidigt, und ich wäre so leicht verletzlich, und mein Gefrage sei ein bißchen wie unnormal. Oft, wenn die andern lustig sind, ist dieser zweite Mensch in mir traurig, und er zweifelt, ob je die Zeit kommen wird, da auch er, wie ein wirklicher Mensch, unangefochten umhergehen kann.

Ihr wißt auch, daß dieser zweite Mensch in der Kellerwohnung eines Hausmeisters an verschiedenen Abenden heraustritt und das Leben eines Hundes beschreibt. Es ist die Geschichte eines zugelaufenen Hundes, den ich daheim auf dem Dorfe getroffen habe, und der sieht mich so demütig an, und er wedelt, und sein Wesen verfolgt mich bis in die Kellerstube der Hausmeistersleute, und ich muß immerzu über ihn nachdenken, und ich stelle mir die Erlebnisse vor, die dieser Hund als Streuner gehabt haben muß, und ich schreibe sie nieder, und ich muß es tun, und nach der Niederschrift ist mir, als hätte ich einen Auftrag erfüllt, den mir die demütigen Blicke des Hundes überbrachten. Die Geschichte bewirkt, daß mich einige Menschen zwei oder drei Tage lang mit bedauernden und andere Menschen mit bewundernden Blicken besehen, denn jedermann kann die Geschichte lesen, sie wird in einer Zeitschrift gedruckt, die in ganz Deutschland, das damals noch nicht Großdeutschland ist, erscheint, und *jedermann* sind in der Kleinstadt Grodk Mitschüler und ein paar Damen aus dem Lyzeum, die die Zeitschrift mithalten, und auch die Hausmeistersleute und meine Eltern lesen die Geschichte, und der Großvater sagt: Sich moal an, der Jungatzko!

In mir verursacht das Erscheinen von dem, was ich mir ausdachte, weder Stolz noch Erhobensein; höchstens einen Fingerhut voll Erstaunen. Der zweite Junge, der aus mir herausgetreten war, ist wieder verschwunden, als er die Schulwandtafel sah, auf der französische Vokabeln standen, die er lernen mußte, und zwei Dreiecke, von denen er zu beweisen hatte, daß sie gleich groß wären. Die Geschichte, die der unsichtbare Junge in der Welt der Wirklichkeit abgeliefert hat, wird rasch vergessen, sie verliert ihre fremden Leser, nur der Junge, der in der wirklichen Welt umhergeht, liest sie manchmal noch, und er lebt weiter in der Kellerwohnung, in der es mittags so dämmerig ist wie abends und im Winter so wie im Sommer, und aus dem Papierkeller von nebenan quillt der Dunst von durchfettetem Zeitungspapier und säuerlich sterbendem Brot. Und der unanpackbare Junge fängt an zu begreifen, daß er und der anpackbare Junge gar nicht zwei allzu getrennte Wesen sind. Hat der sichtbare Junge durch seine Begegnung mit dem Hunde nicht das Garn herangeschafft, aus dem der unsichtbare Junge das Netz seiner Geschichte strickte?

Und daß die beiden Jungen so getrennt voneinander nicht waren, wurde auch zwei, drei Jahre später, in der Zeit meiner gewaltigen Balz, auch Pubertät genannt, deutlich und deutlicher. Die beiden Jungen arbeiten in dieser Zeit sehr offensichtlich zusammen, um die Mädchen, auch das andere Geschlecht genannt, auf sich aufmerksam zu machen. Der sichtbare Junge trägt die Gedichte und das Gedachte, die Liedlein und die Leidlein, die der unsichtbare Junge macht, wie der Fasanenhahn sein Prachtgefieder umher, und wenn in den Liedlein von großen Einsamkeiten die Rede ist, so sind es jeweils die zwei, drei Wochen, die zwischen zwei Mädchen liegen, und es kommt die Zeit, in der sogar beide Jungen darauf verzichten, mit selber erdachten Liedlein aufzuwarten, und der unsichtbare Junge erhebt keinen Einspruch, wenn der wirkliche Junge vorgefertigte Balzlieder verwendet, um seinen Gefühlen Ausdruck zu geben. Der gesamte Junge tanzt und kräht und will Sänger werden, will Schauspieler werden, aber noch lieber der Mann am Schlagzeug, der von Tanz zu Tanz fährt und die Mädchen mit einer erleuchteten großen Trommel (damals waren so Trommeln Mode) auf sich aufmerksam macht.

Aber nun fort von den beiden Jungen! Sprechen wir wieder von Esau Matt. Ich schäme mich dieser Zeit nicht, sie hat sein müssen, und wenn auch der anpackbare Junge darin die Oberhand zu haben schien, irgendwo lag wer auf Lauer, und das war doch wieder der unanpackbare Junge, und der steckte all diese Erlebnisse auf einen Drahtspieß, ihr wißt, so einen Drahtspieß, wie ihn früher die Kleinkaufleute benutzten, um die aufgeschriebenen Wünsche ihrer Kunden zu sammeln.

Später wurde mir deutlicher, daß das, was mich da spaltete und trieb und trieb, etwas aufzuschreiben, eine Kraft war, die keinen Namen hat, und daß, wer den wissenschaftlichen Ehrgeiz hat, sie zu benennen, in die Hochstapelei stolpert, weil diese Kraft nur für den, den sie antreibt und belästigt, einen dunklen Namen hat, und weil dieser Name sich nicht mitteilen läßt. Jedenfalls geht diese Kraft mein Leben lang bald als Trösterin, bald als Belästigerin, bald als fliegendes Roß und bald als Pack-Esel, bald als Himmel und bald als Hölle mit mir:

Da ist die Fabrik, in der wir neben künstlicher Wolle vielerlei widerliche Gerüche erzeugen. Wir erzeugen die Mißgerüche nicht bewußt, sie entweichen bei einem chemischen Prozeß, der sich während unserer Arbeit vollzieht.

Ich fange in dieser Fabrik als Hilfsarbeiter an, und ich muß jene Bottiche, in denen der chemische Honig, Viskose genannt, hergestellt wird, ausspritzen. Und das ist meine Arbeit. Die Bottiche sind je so groß wie eine Rentnerstube, und sie sind rund, und der Viskose-Honig wird mit Preßluft aus ihnen herausgedrückt, aber an den Bottichrändern bleibt stets eine Schicht kleben, und sie klebt dort und erstarrt und ist zäh, und ich muß sie mit einem Wasserstrahl, hinter dem der Druck von, ich weiß nicht wieviel, Atmosphären steht, von den Bottichwänden losspülen. Der Schlauch, mit dem ich das bewerkstellige, endet in einem metallenen Strahlrohr von einem halben Meter Länge, und wenn der Schlauch unter Druck steht und das Strahlrohr freikommt, wird er zu einer gefährlichen Schlange, die einen Menschen umhaut und ihn zum Kentern bringt. Das Strahlrohr tost in Mannskopfhöhe umher, aber man kann nie erkennen, wo es sich aufhält, weil alles voll Wasser ist, und wenn man das Rohr einfangen will, kann man es an den Kopf kriegen, und das kann zu einer Gelegenheit werden, früher als gewünscht zu erfahren, wie sich das Sein auf der Gegenseite des Lebens ausnimmt.

Einmal kommt mir der Schlauch aus, und sein Strahlrohr schlägt mir gegen das rechte Schienbein und fällt mich. Im Nu sind die zehn Arbeitskollegen, die die Rührwerke an den zwanzig Maschinen bedienen, von der eisernen Bühne und sind in Deckung, und alles, was zu tun ist, fällt mir zu. Mein Schienbein schmerzt, als wäre ein Lastauto drüber hingegangen, ich stehe mühsam auf und überführe mich, wo der Schlauchkopf mit dem Strahlrohr seine Tänze aufführt. Ich sehe, daß er sie in der Nähe des Absperrhahns vollführt, und ich zögere und warte drauf, daß sich die Schlauchschlange aus der Nähe des Absperrhahns entfernt, aber sie hat es nicht eilig, und meine Kollegen beschimpfen mich aus ihren Verstecken heraus, und die einen schimpfen mich einen Feigling, und die anderen beschuldigen mich, ich hätte Mordabsichten auf sie.

Diesen Schlauch nun mit all seinem Druck, der ihm innewohnt, klemme ich mir bei meiner Arbeit unter die rechte Achselhöhle, und ich beuge mich durch eine Luke in den Bauch des Viskose-Bottichs, und ich säubere dessen Wände, und die erstarrte Viskose pellt sich von ihnen wie eine lederige Tapete. Ein Mischgestank aus den Dünsten von Schwefelkohlenstoff, Ätznatron und feuchtem Zellstoff steigt zu mir auf, und ich muß ihn einatmen, ob ich will oder nicht. Ein halber Liter Vollmilch ist die Maske, die mich vor den Auswirkungen des Schwefelkohlenstoffes schützen soll, aber mir ist Milch von Kindheit an ein widerliches Getränk. Ich versuche es in dieser Zeit noch einmal mit ihr, schalte meine Vernunft ein und versuche es mit ihr, doch sie bleibt nicht in mir, diese Milch, nicht im kalten und nicht im warmen Zustand, und ich nehme die tägliche *Deputat*-Milch meinen Kindern und jener Frau mit nach Hause, die später so drauf aus ist, eine Amerikanerin zu werden.

Wenn ich einen dieser Bottiche gesäubert habe, kommt der nächste an die Reihe, und von den zwanzig Rührbottichen ist stets einer leer und muß gesäubert werden, und alles hat fließend zu geschehen. Unser Fließband ist weiß, zuerst weißer Zellstoff und dann weiße Zellwolle.

Ich erzähle das vielleicht zu ausführlich und setze mich der Gefahr aus, daß meine Leser diese Stelle meiner Ausführungen ungelesen lassen oder überhaupt aufhören mit dem Lesen, weil ihnen heutzutage Romane, immer wieder Romane angeboten werden, in denen es um Produktions- und Leistungssteigerungen in der Industrie geht, und weil es sogar Romane gibt, in denen Produktion und Leistungssteigerung die höchsten ethischen Kategorien sind, an denen die Über- und Unterhelden gemessen werden, und es kommt nicht drauf an, daß sie leidlich und guten Herzens sind und geistig etwas abstrahlen, sondern daß sie produktionswillig und produktionstüchtig und gute Zuarbeiter für Maschinen sind. Und das eben ist schriftstellerische Falschmünzerei und Verlogenheit von Leuten, die nie in einer Fabrik an Maschinen standen. Ich weiß es, daß man bei dieser Arbeit ohne ein geistiges Überdrauf nicht auskommt. Ich habe es erfahren, und ich mußte mir damals mein geistiges Überdrauf aus mir selber beschaffen, und das ging in dem Falle, von dem ich rede, so zu:

Aus dem Rührbottich steigt beim Geknatter, mit dem der druckschwere Wasserstrahl die Viskoselappen von den Wänden fetzt, ein Mann, und der Mann ist mein verkleidetes Ich. Das Schwefelkohlenstoffgas scheint meine Phantasie aufzupulvern, und ich benutze es, oder es benutzt mich, ohne daß ich es weiß, wie eine Droge. Der Mann, der mir da einkommt, schafft sich dreizehn schwarze Doggen an und dressiert sie (Doggen sind damals meine Lieblingshunde!). Besonders in den Nachtschichten denke ich mir je ein tüchtiges Stück vom Lebenslauf dieses Mannes aus, und ich fühle mich gedrungen, es tagsüber niederzuschreiben.

Ich wohne damals, wie ich euch schon sagte, in einer erbärmlichen Unterkunft, im Viertel der Asozialen, am Rande von Grottenstadt. Jede Stadt hat eine Ecke mit zwei, drei Häusern, in denen ihre Ärmsten wohnen, fast jedes Dorf sogar.

Es gibt, wie gepredigt wird, anständige und asoziale Proletarier, und für die anständigen Proletarier war ich ein Asozialer, und sie sagten von mir: Kann er nicht etwas häuslicher sein und sich verhalten, wie ein Mann in seiner Lage sich zu verhalten hat? Was sitzt er herum, hebt den Ursch nicht vom Schemel und schreibt, als ob ein Heruntergekommener wieder hochkommen könnte, wenn er dasitzt und teures Papier vollschmiert und so tut, als ob er ein Aufschreiber wäre oder einer werden könnte? Kann er nicht lieber in seiner Freizeit gehen und etwas dazuverdienen zu seinem Hilfsarbeiterlohn? Ein Verrückter, so hieß es bei meinem Scheidungsprozeß. Er schrieb und schrieb, und was er schrieb, war nicht zu gebrauchen, und wer das von mir sagte, muß ich wohl nicht erwähnen.

Aber auch von ihr sagten die Selbstgerechten unter den Proletariern: Muß sie daheim hocken und den Jungen hudern? Kann sie nicht wenigstens als Stundenputzfrau gehen? Nein, sie konnte es nicht. Sie war gelernte Verkäuferin für Eisen- und Porzellanwaren, und als ich sie kennenlernte, war sie *Diva* in einem Laientheater, und sie hatte ihren Namen Amanda in den Künstlernamen Aimée umgewandelt. Ich verdachte es ihr nicht, wenn sie nicht zu einer Stundenputzfrau absteigen wollte. Ich liebte sie ja *irgendwie*, um mich intellektuell auszudrücken. Ich habe nie ein Wort gehört, was treffender kundgibt, daß einer zur Kaste der Pseudo-Intellektuellen gehört, als dieses *irgendwie*.

Wir bewohnen ein barackenähnliches Häuschen mit einem Pultdach. Es klebt mit seiner Rückwand an einem Felshang und zieht Feuchtigkeit aus dem Hang, und obwohl ich sie immer wieder streiche, sind die Stuben streifig gemasert von der Nässe, und im Winter sind sie frost-silbern tapeziert.

Von einem kleinen Flur tritt man in die Küche, und die Kochmaschine, die dort steht, ist die einzige Wärmequelle für die Wohnung, und der Küchentisch ist unser einziger Tisch.

Die Stube hinter der Küche nenne ich unsern Ruheraum. Schlafzimmer kann man nicht dazu sagen, erklärte eine selbstgerechte Nachbarin, es fehlen die Nachttische. Wir haben keine gekauft, als wir unseren Schlafkoben bestückten, weil meine Frau eine Frisierkommode benötigte. Diese Frisierkommode ist übrigens nicht ganz und gar unnütz, sie beschützt auf der einen Seite unseren zwergeligen Wäschevorrat und auf der anderen Seite meine Bibliothek, die, um es journalistisch auszudrücken, mehr als zwanzig Bücher in sich hat.

Den dritten Raum können wir nicht nutzen, wir haben keine Möbel für ihn, er kommt uns aber entgegen, wenn wir selbstgerechten proletarischen Besuchern erklären müssen, weshalb er leersteht. Er hat *zwei* feuchte Wände, und eben, er hilft uns unsere Armut zu verreden, denn rings um das Armenviertel sind die Leute reich, großdeutsch reich. Die Arier, die uns regieren, sehen es nicht gern, wenn wir nicht am großdeutschen Reichtum teilnehmen.

Ein ehemaliger Schulfreund von mir, der Sohn eines Postschaffners, mit dem ich einige Jahre auf dem Gymnasium verbrachte, setzt sich vor, mich in alter Anhänglichkeit zu besuchen. Ich beschwöre ihn, von seinem Besuch abzustehen, und die Briefe, die ich ihm schreibe, arten zu Drohbriefen aus. Ich kann dir kaum Nachtquartier anbieten, schreibe ich ihm.

Du weißt, ich bin bescheiden und mit jeder Art Nachtquartier zufrieden, schreibt er zurück. Ich kann nichts mehr einwenden. Karle, mein Schulfreund, ist nicht nur bescheiden, sondern auch klein von Gestalt, er ist nicht großdeutsch, aber er ist deutsch, und er ist jetzt Leutnant und steht vor dem Ereignis, Oberleutnant zu werden, und meine Frau und ich sollen in den Genuß gebracht werden, ihn in Leutnantsuniform zu besehen.

Der kleine Leutnant, er war der beste Reiter, trällert meine Frau, die einstige Diva, und wird recht lebendig, als sie hört, daß Besuch kommen soll.

Der kleine Karle hat noch immer sein frisches Gesicht mit einem Hauch von Röte und ein paar furchtsam sich versteckenden Sommersprossen an den Nasenflügeln. Er geht mit uns in Grottenstadt umher, und meine Frau fühlt sich durch den Dienstgrad unseres Freundes mitangehoben. Ich muß Obacht geben, daß sie mich nicht dazu verwendet, den Kinderwagen zu schieben, in dem unser Sohn liegt. Jede heutige Frau wird behaupten, daß ich das hätte tun können, ja sogar müssen, immerhin war ich ein Mann ohne Dienstgrad und Achselstücke, aber ich mochte das nicht, und ich mochte es auch später nicht, und es kostete mich viel Überwindung, jene Korbwägen in den Einkaufshallen, nachkriegsamerikanisch auch Supermärkte genannt, zu schieben.

Der kleine Karle ist ein Mensch, der sich gern mitteilt, und beim heftigen Erzählen kommt ihm immer wieder einmal der Schleppsäbel außer Kontrolle, und der Säbel ist mindestens eine Nummer zu lang für ihn und mischt sich beim Gehen zwischen Karles kurze Beine. Vielleicht gibt es überhaupt keine so kleine Säbelnummer, wie Karle sie für seine Gestalt nötig hat. Aber was ist, nach Karles Befinden, ein Leutnant ohne Schleppsäbel?

Der Abend kommt heran, und nachdem wir

Abendbrot gegessen haben, wird weiter erzählt. Karle sitzt auf einem Küchenstuhl, und meine Frau sitzt auf einem Küchenstuhl, und ich sitze auf dem Klapphocker, in dem unser Waschbecken verborgen ist. Damit sind unsere Sitzgelegenheiten verausgabt, und ich bin froh, daß nicht zwei Leutnants aus meinem früheren Leben zu uns auf Besuch gekommen sind.

Nun, der Tag war lang, auch ihr werdet müde sein. Zweimal hat Karle schon sein Zubettgehen angekündigt, aber uns fällt es schwer, ihm, dessen Naturell auf gehobenes Kleinbürgertum eingestellt ist, unsere Schlafordnung bekanntzugeben. Wir lassen Zeit vergehen, und wir lassen es so weit kommen, daß unser übermüdeter Gast aufsteht und durch unseren Ruheraum hindurchgeht und die Tür der dritten Stube öffnet, weil er meint, daß sich dort ein Fremdenzimmer befindet. Ich stürze ihm nach und verweise ihn auf seine angekündigte Bescheidenheit und bringe ihm bei, daß er sich eigensinnigerweise zum Gast von Unterproletariern gemacht hat, und daß er sich deshalb in das eine unserer Ehebetten legen muß, und daß er erst mal einschlafen soll, und daß wir nach einer Weile im Finstern folgen werden, um uns in das übriggebliebene Bett zu legen.

Unser Karle besteht diese harte Bescheidenheitsprüfung ohne Naserümpfen, und ich bin ihm dankbar. Ich liege noch lange wach und bewundere ihn, bewundere, wie schön und erfolgreich er sein Leben plant. Er hat eine Freundin, aus ehrbarem Mittelstand, aber er gedenkt sie erst zu heiraten, wenn er Oberleutnant geworden ist, und er gedenkt nicht, ihr vorher ein Kind zu machen. Und ich liege nun hier neben ihm als Lebens-Plansünder. Es kommt mir sehr entgegen, daß Karle mich unvermutet flüsternd fragt, ob ich immer noch Gedichte mache, und ich sage ihm meine beiden jüngsten Gedichtanfertigungen auf, und auch das tue ich flüsternd, und Karle flüstert zum Schluß: Ich habe mir fast gedacht, daß du diese Spielerei nicht lassen kannst.

Ich erzähle das mit jener versteckten Lust, mit der ein ehemaliger Dieb erzählt, der seit zwanzig Jahren nichts mehr gestohlen hat. Ich erzähle es aber auch ein wenig zum Gedenken an den kleinen Karle, der ein paar Jahre später wohlverheiratet und als Hauptmann an der Ilmensee-Front umkommt, und gewiß ist es nicht sein Schleppsäbel gewesen, der ihn zu Fall brachte, auch nicht die Fehl-Lehre vom *Volk ohne Raum*, auch nicht, daß er durch seine Geburt zufällig ein Deutscher war, sondern weil er deutsch fühlte, weil er sich verpflichtet fühlte, deutsch zu fühlen.

Es muß erwähnt sein, daß ich in dieser armutsvollen Zeit eine Schreibmaschine besitze. Ich habe sie mir auf Abzahlung gekauft, als ich noch ein lediger Ausfahrer und Kaninchenfarm-Leiter bei den Damen Rasunke war. Auf der Maschine schreibe ich mit der Fertigkeit einer mittelguten Stenotypistin nieder, was mich bedrängt, doch was ich niederschreibe, gleicht niemals dem, was vorher in mir war und mich bedrängte. Ich bemerke das stets erst nach einigen Tagen, und ich weiß nicht, woran es liegt, und ich bin ein Zeitchen lang unglücklich.

Die Schreibmaschine ist in jener Zeit der Armut oft in Gefahr, sich in Kinderspielzeug, in Kinogeld oder in Frauenkleider zu verwandeln. Ich bewahre sie jedoch davor, und ich habe Auseinandersetzungen mit meiner Frau, habe Zänkereien mit ihr, und die Nachbarn sind auf ihrer Seite. Was soll einem Manne wie mir eine Schreibmaschine? Doch ich setze meine Meinung durch, lieber keine Handschuhe, lieber die Hände in den Hosentaschen, aber die Schreibmaschine bleibt; sie scheint mir zu der Kraft zu gehören, die mich zwar oft bedrängt, aber auch oft beseligt. Mit der Maschine geschrieben, scheint, was aus mir heraus will, mehr Gewicht zu haben und verfestigter dazustehen, wenigstens für die erwähnten zwei, drei Tage.

Als der Mann mit den dreizehn Doggen aus dem Rührbottich in der Zellwollfabrik steigt, ist Winterzeit. Ich nehme mir vor, seine Erlebnisse und alles, was er vorhat, in einem *erfolgreichen* Roman unterzubringen. *Erfolgreich* heißt für mich damals, auf andere Weise als durch den Verkauf einer Schreibmaschine zu dem zu kommen, was von mir verlangt wird: Kinderspielzeug, Modekleider, Kinokarten, vielleicht ein paar Bücher für mich.

Ich beziehe unsere dritte Stube, um diesem Mann mit den dreizehn Doggen zu einem pseudo-literarischen Leben zu verhelfen. Aus zwei angemoderten Kisten, die in der dritten Stube noch vom Vorgänger stehen, klopfe ich mir einen Hocker und einen Maschinentisch zusammen. Hammer, Zange und Säge borgt mir Albert Kaplan. Der ungehobelte Maschinentisch hat zwei Fächer, eines für Papier, ein anderes für die Manuskriptablage.

Und dann sitze ich in meiner Freizeit in dieser

Stube, und die zwei Feuchtwände glitzern, und nach zwei Stunden Schreibarbeit bin ich verklammt. Zu einem Versuch, Maschine in Handschuhen zu schreiben, kommt es nicht, ich sagte es schon, ich hatte keine Handschuhe. Am Küchenherd entklamme ich mich wieder und unterhalte mich mit meinem Sohn. Es zeigt sich, daß es mir an Vokabeln fehlt, längere Gespräche mit ihm zu führen. Meine Frau verklagt mich dieserhalb, und ich bin froh, nach einer halben Stunde wieder in meine Arbeitsstube gehen zu können, um dort den Rest von Glauben, den mir diese Frau noch entgegenbringt, zu zerschreiben, denn sie ist im Recht, sagen alle lotrechten Nachbarn, singt der Chor der kleinbürgerlich Selbstgerechten und stößt mich in Schuld, und es ist niemand da, der mir beisteht oder erkennt, daß ich mit meiner absurden Arbeit bestrebt bin, meiner Familie zu einem hübscheren Leben zu verhelfen.

Neben unserer Barackenbehausung liegt hinter Bretterzäunen unter hohen Pappeln und Eichen der Städtische Schlachthof. Jeden Morgen dringt von dort Rindergebrüll zu uns herüber, das jeweils mit einem flachen Schlag beendet wird, und das sogleich durch ein zweites, ein drittes und durch ein zwanzigstes und ein fünfundzwanzigstes Rindergebrüll ersetzt wird, und jedes Gebrüll endet mit diesem halbtönernen Schlag, der mit dem Rücken einer Axt auf der Rindshirnschale erzeugt wird.

Später kommen die schrillen Schreie der Schweine herüber. Sie enden mit einem etwas gedämpfteren Schlag, und die Gedämpftheit des Schlages hat ihren Grund in den fettgepolsterten Hirnschalen der

Schweine. Kuh-muh, sagt unser Junge, wenn die von Todesfurcht durchzitterten Schreie der Kühe zu uns herüberkommen, und klack, tot sagt er, wenn jener flache Schlag kommt, und eine ähnliche Erklärung gibt er ab, wenn die Schweine verenden. Der Deibel mag wissen, woher er das kennt. Vielleicht hats ihm die alte Frau Schnappauf aus dem Nebengebäude beigebracht, die alte Frau Schnappauf, zu der ihn meine Frau hingibt, wenn das Wetter schlecht ist, wenn sie ihn nicht zum Einkaufen mitnehmen kann. Jedenfalls hört der Junge Tausende von Tieren sterben, ehe er Kühe oder Schweine kennengelernt und gestreichelt hat, und das Todesgebrüll der Tiere ist für ihn nichts anderes als das Heulen der Feuersirenen und das Schlagen der Turmuhren, das bei günstigem Wind aus der Stadt zu uns herüberkommt.

Das Schlimmste ist das Sterben der Lämmer. Es ist ein hilfeheischendes Geschrei, das ohne einen Abschlußschlag endet, und unsereiner weiß, daß dem Lamm nun die Gurgel durchschnitten wird, und in mir steigt zwangsmäßig die Erinnerung an meine Farmerzeit herauf, und ich weiß, daß nun das Lammblut durch das Gebüsch der Halswolle rinnt, und wie es auf den Zementboden des Schlachthauses tropft, und ich empfinde es als eine Vergünstigung, daß nur einmal wöchentlich Schafe geschlachtet werden.

Ich kann im Schlachthof eine Stunden-Arbeitsstelle für nach Feierabend haben und ausgeschälte Tierknochen und Kadaver verladen. Die selbstgerechten Proletarier meiner Umgebung, die vorhaben, mich mit Stichelreden zu einem arbeitsamen Familienvater zu erziehen, können nicht verstehen, weshalb ich die Arbeitsstelle so in der Nähe nicht annehme, und weshalb ich mich nicht auf die Tierknochen stürze, sondern faulenze und zu meinem blanken Vergnügen Papier und Farbbänder verbrauche. Sie reden mir immer gründlicher ein, daß ich ein mißglückter Mensch bin, und ich bin, von wer weiß woher, gezwungen, es auf mich zu nehmen. Ich *übersehe* den auffälligen Anschlag am Schlachthoftor, in dem dringend nach Hofarbeitern verlangt wird.

Wenn ich beim Schreiben den Lodenmantel mit dem Webfehler, den vom Großvater, überziehe, halte ich es eine halbe Stunde länger aus. Schließlich besinne ich mich auf eine Joppe, die daheim auf der Heide noch vorhanden sein muß. Meine Mutter hat sie mir einst nach einem Schnitt aus *Vobachs Modenzeitung fürs deutsche Haus* genäht. Da war ich Untersekundaner, und Joppen waren große Mode. Die Mutter hat die Joppe sogar mit einem Kragen aus den Fellen zweier Silberkaninrammler eigener Zucht versehen. Es handelte sich um Nachkommen der Silberkaninchen vom alten Postschaffner Anders in Grodk, wie ihr wißt. Er ist nun lange tot, aber mein Joppenkragen und die Silberkaninchen sind zwei Dinge, die meine Gedanken zu ihm hin- und zurückleiten und machen, daß ich an ihn denke und eben, er ist schon lange tot.

Als ich damals auf der Heide die Joppe zum ersten Male anziehe, sehe ich aus wie ein Sohn von Gutsbesitzer Wendland, behauptet mein Großvater. Und wie sehe ich jetzt aus?

Ich lasse mir die Joppe schicken. Der Pelzkragen hat sich in Motten verwandelt und ist davongeflogen.

Ich reiße den Rest herunter und ziehe die Joppe unter den Lodenmantel und kann noch eine halbe Stunde länger vor der Schreibmaschine sitzen, ehe ich verklamme.

Der Mann, mit dem ich es zu tun habe, hat seine dreizehn Doggen inzwischen dressiert. Sie führen alles das aus, was in einem Zirkus, in einer Pferdefreiheit, passiert. Ich zäume die Doggen prachtvoll auf. Es kostet mich nur wenig Phantasie, weil ich das Geglitzer meiner zwei Stubenwände beschreiben kann. Und so hat alles sein Gutes.

Ich geb mir viel Mühe mit meinem Roman, soviel Mühe, als ich kann, und es wird Frühling, und es wird Sommer beim Schreiben, und ich spare die Zeit ein, mich zwischendurch aufzutauen, und werde widerwillig sogar ein paßrechterer Nachbar für die Selbstgerechten unter den Proletariern, da ich Stundenarbeit in einer Gärtnerei fürs Wochenende annehme, um dort das Kinogeld für meine Frau zu verdienen und sie bei Zufriedenheit zu erhalten; denn wenn ich schreibe, bin ich wie verreist, und sie sitzt wie eine Seemannsfrau in der Küche und wartet auf meine Rückkehr. Ich muß sie also entschädigen, und ich entschädige sie am besten mit dem Kino, denn sie glaubt an das Kino und wartet zäh darauf, daß auch einmal ein Glück, wie es ihr die Schauspieler dort vorführen, zu ihr kommt, und daß es ihr bei ihrer Schönheit zusteht. Ich aber schwelge in dieser Zeit schreibend, und es erreichen mich, wenn sie im Kino ist, keine Wellen der Unruhe und Unzufriedenheit durch die Wände.

Eines frühen Nachmittags komme ich von der ersten Schicht, und es kommt mir ein Boxerhund entgegen. Der Boxerhund ist krank, und ich pflege ihn in einem Holzschuppen gesund, aber später verkauft ihn die Frau in meiner Abwesenheit für gutes Geld, weil sie sich in den Kopf gesetzt hat, einmal wie unarme Menschen auf Reisen zu gehen und an die Warthe zu ihren Verwandten zu fahren.

Einmal richte ich mir heimlich im Holzschuppen eine Versuchstierzucht ein, um mit dem Verkauf der Tiere mein Einkommen ein wenig aufzubessern, aber die Frau alarmiert den Hauswirt, und ich muß meine Versuchstiere töten und in die Saale werfen.

Um meinen Sohn von dem Gebrüll und Gedröhn, das aus dem Schlachthof zu uns herüberdringt, ein wenig abzulenken, erwäge ich, ihm einen Wellensittich zu kaufen. Ein Arbeitskollege hat mir einen aus seiner Zucht *weit unter Preis* angeboten. Ich erwäge, ob ich das Geld für einen Sittichkäfig und für Sittichfutter erübrigen kann, und ermittle, daß ich das nicht können werde. Aber welch ein Glück, da meldet sich ein Singtier in unserer Küche, das sich selber und kostenlos versorgt, ein Heimchen. Seine Höhle ist ein Loch hinter der Scheuerleiste beim Küchenherd, und dort beim Höhleneingang sitzt und singt es. Horch, horch! sagt unser Junge und sitzt still, und er lernt zu lauschen. Unser Heimchenvogel ist treu, und er singt und singt, und ich bilde mir ein, die Göttin der Romanschreiber hat ihn mir hinter die Scheuerleiste gesteckt. Und warum soll es eine solche Göttin nicht geben?

Mein Weib fühlt sich allerdings zuweilen vom Gesang unseres Heimvogels gestört, besonders wenn sie die Melodien nachsingt, die sie nach ihren Kinobesuchen heimbringt, und sie treibt unseren Erdvogel mit dem Geklingel des Feuerhakens in seine Höhle.

Ich bilde mir ein, daß etwas Heimchengesang in meinen Roman einging. Ich könnte nachsehen gehen, ob es so ist. Der Roman liegt in meinem Archiv, aber ich habe keine Zeit, ich muß schreiben. Jetzt schreiben, immer schreiben!

Als ich damals die letzten Kapitel meines Romans schreibe, lebe ich nicht mehr mit jener Frau zusammen, die jetzt den gewagten Versuch unternimmt, eine Amerikanerin zu werden. Ich bin in eine andere Kleinstadt gezogen, aber ich arbeite noch immer in jener Zellwollfabrik, von der ich euch erzählte.

Ich biete damals meinen Roman mit dem sensationellen Titel *Dreizehn Doggen* nirgendwo an. Es bewahrt mich ein Mann davor, und dieser Mann ist ein Inder. Er heißt Tagore, und sein Vorname ist für mein halbsorbisches Maul schwer auszusprechen: Rabindranath. Ich betone diesen Vornamen auf der letzten Silbe, und ich lese ihn zum ersten Male in der *Berliner Morgenpost*. Da bin ich Gymnasiast in Grodk und kann nur indirekt an dem teilnehmen, was sie in Berlin treiben. Fürs Hinfahren und Zusehen habe ich kein Geld. Jetzt ergeht es mir ähnlich, ich gucke mit einem Televisor über die Mauer in den Westteil Berlins, und der Televisor ist meine *Berliner Morgenpost* von damals. Fürs Hinfahren und Ansehen fehlts mir nicht nur an Geld, sondern auch an höherer Erlaubnis. Mich hat nun einmal das Leben in diesem Deutschland abgesetzt, und ich habe auch nie ernstlich versucht, mich zu rühren und den Umkreis meiner Geburtsheimat zu verlassen. Ich hatte nie die Neigung. Also scheint dieser Fleck Mitteleuropas wohl zu mir und ich zu ihm zu gehören. Er scheint mich, und ich scheine ihn zu brauchen, und je älter ich werde, desto gewisser wird mir das.

Tagore ging damals backenbärtig und langhaarig im weiten indischen Gewand demütig durch Berlin, soweit man das mit Hilfe von willigen oder unwilligen Journalisten durch eine Zeitung erfahren kann. Noch immer wußte ich nicht, ob ich seinen Vornamen richtig aussprach, wenn ich den Betonungsdruck auf die Endsilbe *nath* legte. Kein Mensch in meiner Kleinstadt konnte es mir sagen, und der sogenannte Rundfunk kam eben erst in Verkehr. Heute freilich weiß ich von einer Minute zur andern, wie der Name des Filmschauspielers ausgesprochen wird, der soeben in Amerika die Regierungsgewalt übernahm.

Auch ein Buch von Tagore kriegte ich als Gymnasiast nicht zu packen. Journalisten behaupteten, er wäre weise, sehr weise, aber manche Journalisten erzählen sogar von Massenmördern, daß die weise wären, und sie tun im guten Glauben, was von ihnen verlangt wird. (Ich war selber Journalist.) Bei Tagore hatten sie mit ihrer Behauptung übrigens Glück. Es stellte sich nichts Gegenteiliges heraus, und er ist wirklich ein Weiser. Als ich endlich sein erstes Buch lese, das da *Lebensweisheit* heißt und dessen erste Kapitelüberschrift lautet: *Was ist Kunst?* habe ich soeben meinen zweiten Roman, den von dem Mann mit den dreizehn Doggen, beendet, und ich lese dieses Kapitel über die Kunst, und es wird mir bewußt, daß ich nicht nur ein Schreibschaffender, sondern ein schreibender Künstler zu werden habe, und weniger darf es nicht sein. Zum ersten Male, scheint mir, habe ich etwas von den Erfordernissen der Kunst begriffen. Aber begreifen, etwas leise erkennen und etwas ausführen – oha, oha!

Aber wenn ich nach einem mißlungenen Schreibversuch daran zweifle, es je zu zwingen, so bläst mir der Weltwind am nächsten Tage die Zweifel davon, und ich bin sicher, ich werde es schaffen, und ich tröste mich damit, daß ich Schreiberfahrungen gesammelt habe, die in meinem Innern versinken und sich dort an einem unbeobachteten Fleck, unbelästigt von meinen Gedanken, in Instinkte verwandeln. Es ist jener Platz in meinem Innern, an dem sich auch die Erlebnisse meiner pflichtlosen Kindheit aufhalten.

Ich lese meinen Doggen-Roman erst nach dem *großen* Kriege wieder, und da schäme ich mich, im Gegensatz zu heute, für ihn. Konvertiten schämen sich ihres alten Glaubens und schämen sich der vermeintlichen Fehler, die sie unter seinem Zwange veranstalteten, und ich war, als ich mich meiner ersten Schreibversuche schämte, ein Konvertit. Ich war ein Glaubender in Sachen Politik geworden und ein Unsicherer, ein Ungesicherter in Sachen Kunst, und ich mußte erst wieder einer werden, der sich seiner Vergangenheit nicht schämt, sondern sich über sie wundert, sich über alles im Leben wundert.

Ich behandelte in diesem Doggen-Roman damals kein Anliegen, das mich zwang, es schreibend zu klären. Er enthielt außerdem keine gewachsene Poesie, sondern eine aus blumigen Wörtern hergestellte Scheinpoesie; kurzum, er ist nach dem Rezept der

Fortsetzungsromane geschrieben, die damals in Tageszeitungen abgedruckt wurden. Er war etwas, was sich verkaufen lassen und Geld einbringen sollte. Er sollte mir und der Familie aus der Armut heraushelfen, er sollte mir bei meinen Nachbarn, die mich unter dem Beifall meiner Frau für einen unfähigen Menschen und Hausvater halten, etwas Respekt und Aufmerken eintragen. Sie sollten von mir sagen, stellte ich mir vor: Ein bißchen was scheint er zu können, der Kerl! Man soll es nicht glauben, aber manchem bringt auch brotlose Kunst Erfolg ins Haus.

Jetzt fällt mir ein, daß ich meine damaligen Versuche, in das Geheimnis des künstlerischen Schaffens einzudringen, zu arg niedermache und schmähe. Mein Gedächtnis raunt mir zu, daß ich den Roman von den dreizehn Doggen unterbrach, als mir die Frau jenen Boxerhund, den ich gesund gepflegt hatte, hinter meinem Rücken verkaufte. Ich bin enttäuscht, und ich schreibe nieder, was ich mit diesem Boxerhund erlebte, um meiner Traurigkeit Herr zu werden, und diese Geschichte enthält ein wirkliches *Anliegen* von mir. Ich befreie mich mit ihr von meiner Enttäuschung und von Voreingenommenheit gegen die Welt. Damals allerdings sehe ich in dieser Geschichte nicht etwas, was mich künstlerisch ausweist, sondern wähne, daß sie zu Persönliches enthält, weil in ihr auch von den Tränen die Rede ist, die aus mir tropfen, als ich im Winkel des Holzstalles vor dem leeren Lager des Hundes stehe.

Ich bin tatsächlich in den Keller gestiegen und habe im Archiv nachgesehen und war überrascht von der Tatsache, daß dort drei Geschichten von Hunden aus meiner Aufschreiber-Lehrzeit liegen. Jene Hunde-Geschichte, die ich als Dreizehnjähriger schrieb, dann der Roman von den dreizehn Doggen und schließlich die Geschichte des Boxerhundes.

Und ich sehe (ein bißchen stolz auf mich), daß ich damals, wie es in der Kunst zu sein hat, das Leben des Boxerhundes hoch ansetzte, daß ich aus ihm eine Kreatur machte, die für die Existenz der Welt unerläßlich war. Die Geschichte war, stelle ich heute befriedigt fest, aus dem Bereiche meines Kunstinstinkts *heraufgequollen.*

Es gibt, bis ich aus meinem tschechischen Versteck und aus dem Krieg wieder dorthin komme, wo ich kein Zuhause mehr habe, weitere Versuche, mein Leben schreibend zu bewältigen, über die wir bei guter Gelegenheit sprechen werden. Im Augenblick scheint mir die Gefahr zu groß zu sein, daß ich, im Gegensatz zu früher in meinen Anfangsjahren, da ich nur das grob Äußerliche erfundener fremder Leben beschrieb, jetzt nur das fein Innerliche meines eigenen Lebens beschreibe, und daß ich mich in das Lager derer begebe, die mit Einseitigkeiten und Spezialitäten langweilen, ohne das Leben wirklich zu packen. Deshalb Schluß mit diesen Untersuchungen!

Nun bin ich also König in meiner Hütte im Obstgehölz. Abends sitze ich dort bei Kerzen- oder Petroleumlicht und lese. Wieder einmal habe ich eine Arbeitsstelle gefunden, in der ich meinen niedrigen Arbeitslohn aufbessere, indem ich mir seltene und seltsame Bücher von meinem Arbeitgeber ausleihe. Hier auf dem Obstgut liefert sich mir außerdem ein ganzer Studienrat mit. Er ist so begierig zu wissen, ob in den

Büchern, die ich von ihm ausleihe, für mich das gleiche geschrieben steht, was für ihn dringeschrieben stand. Mein Studienrat ist von gnomenhafter Gestalt, das sagte ich schon. Sein rechter Unterarm ist ein wenig verdreht und zwingt ihn, jene flache Stelle im Innern des Handgelenks, unter der die Pulsadern in sanfter Bläue arbeiten, als eine Verlängerung des rechten Handtellers zu benutzen, und es ist erstaunlich, wie geschickt diese Stelle seines Unterarms geworden ist. Eine Handvoll Birnen sind zum Beispiel für meinen Chef mindestens drei Birnen mehr als eine Handvoll von mir. Er ist ein geschickter Praktiker, dieser Herr Studienrat, und überschätzt die Praxis wiederum nicht. Hörn Se endlich auf mit dem Geknispel in den Kirschblättern! sagt er, und komm Se ne Weile runter von der Leiter. Er will von mir wissen, ob ich Rudolf Steiner, dessen Bücher ich soeben aus der Studienrats-Bibliothek gelesen habe, für dekadent oder für normal halte.

Für mich ist Rudolf Steiner, bis ich auf jenes Obstgut komme, ein Mann, der das Land Hörensagen bewohnt. Es begegneten mir Menschen, die respektvoll von ihm flüsterten, und andere, die ihn beunflateten. Der Führer des tausendjährigen Arierreiches verbot Steiners Bücher, soviel ich weiß. Ob er sie auch verbrennen ließ, weiß ich nicht.

Für mich ist alles Geschriebene, Gedachte und Erdachte, was ich noch nicht kenne, normal. Der Unnormale bin ich, weil ich es noch nicht kenne. Und wenn ich etwas, was ich noch nicht gelesen habe, zu packen kriege, giere ich es in mich hinein, und wenn ich etwas von einer mir unbekannten Lebenshaltung lese, versuche ich sie auszuprobieren und zu erkunden, wie weit man damit kommt. Es ist damals noch viel geistige Neugier in mir, besonders nach diesem Krieg und der zwölfjährigen Arierherrschaft. Also her mit den Schriften von Rudolf Steiner! sage ich zum Studienrat. Und ich lese Steiners Buch *Wie erlangt man Kenntnisse von höheren Welten.*

Der Rudolf beantwortet mir die Frage alsbald. Er hat die Kenntnisse der höheren Welten schon. Vielleicht ist es ihm ein bißchen einsam dort, und es sind ihm einige Gefährten nötig, mit denen er sich über diese Welten unterhalten kann. Deshalb verrät er freimütig, wie andere auch dorthin kommen können, wo er schon ist. Die andern müssen nur alles so machen, wie er es gemacht hat, er wird es den Lesern ausheißen, wie man das macht, verspricht er im Vorwort. Ausheißen, dieser Begriff hat bei uns auf der Heide eine doppelte Bedeutung. Er kann die Bedeutung von Vorschreiben und kann die Bedeutung von Ausschimpfen haben. *Gewisse Eigenschaften muß er* (der Mensch) *in sich bis zu einem bestimmten hohen Grade entwickeln, dann können ihm die höchsten Geistesschätze zuteil werden*, schreibt der Rudolf. Einem Menschen wie mir, der sich soeben nach jahrelangen Fehlversuchen selber zum Schriftsteller krönte, erschien die Kenntnis höherer Welten mehr als dringlich.

Es ist allerdings ziemlich umständlich, in die höheren Welten vom Rudolf einzudringen. Seine Versprechungen ähneln jenen Prospekten, in denen Heilmittel angepriesen werden. Wenn man die Anpreisungen in diesen Prospekten liest, meint man, daß für einen, nachdem er das angepriesene Heilmittel geschluckt hat, sogleich ein neues Leben beginnt. Das Versprochene geschieht indes nur jenen, die über eine starke Einbildungskraft verfügen.

An Einbildungskraft fehlt es bei mir nicht. Ich hätte sie auch für Rudolf Steiners Versprechungen eingesetzt, aber er verlangt von mir eine Menge zeitraubender Exerzitien, mit denen ich mich auf den Marsch in die höheren Welten vorzubereiten habe. Da soll ich zum Beispiel ein Gurkenkorn vor mich auf den Tisch legen und soll drauf starren und mir vorstellen, wie es keimt, und wie es Blätter schlägt und rankt und blüht und kleine Essiggurken und schließlich Samengurken produziert. Dann muß ich die Samengurken in meiner Anschauung verfaulen und vertrocknen lassen, bis wieder nichts als bleiche Gurkenkörner vor mir liegen. Und das alles soll ich, neben anderen Übungen, mir täglich vorstellen, bis meine Vorstellungen von der Wirklichkeit nicht mehr zu unterscheiden sind. Das ist mir, was die Zeit anbetrifft, vorerst zu aufwendig.

Was sagt ihr? Ich hätte nach dem Kriege genug Zeit gehabt, mich auf die Marschroute zu machen, die mir der Rudolf anempfahl, sagt ihr? Nein, gar nicht, denn es kommt nach der geistigen Fastenzeit, die der Krieg für mich gewesen ist, viel zuviel an Ungelesenem und geistig Unangetipptem auf mich zugeschwommen, und das muß ich nach der täglich zehnstündigen Arbeit wenigstens flüchtig in Augenschein nehmen. Überdies ist mir gewiß, daß ich mir solche Lektionen wie die mit der aufgehenden Gurke ersparen kann. Der Rudolf, der Steiner, konnte nicht vermuten, daß sein Buch über die Lehre von den höheren Welten auch von Leuten wie mir gelesen wird, die die Voraussetzungen in sich tragen, Schreibschaffende zu werden, Leuten, denen es gegeben ist, wie Vater Gottchen, Menschen aus dem Nichts zu formen und ihren Lesern als Zeitgenossen hinzustellen.

Für meinen Studienrat, der in Naturwissenschaften unterrichtete, und der es mit solchen Göttinnen wie der Schwerkraft, der Fliehkraft, der Zeit oder mit dem Gotte Raum zu tun hatte, sind die Forderungen nach der Ausbildung der Einbildungskraft, wie Steiner sie seinen Adepten stellt, Drehwürmer im Hirn eines Dekadenten. Deshalb seine Frage an mich.

Als ich einige Bücher von Steiner gelesen habe, verfangen oder verflechten wir uns in einen Disput, der Studienrat und ich. Die Frühbirnen gieren rot und gelb danach, von uns gepflückt zu werden, weil sie ihre reifen Kerne zur Erde bringen wollen. Wir aber übergehen ihre Wünsche und sitzen auf dem Baumstreifen zwischen Kanadischem Berufskraut und Taubnesseln.

Ich soll Studienrat Höhler erklären, wieso ich zu der Ansicht komme, daß es jene höheren Welten, in denen sich der Steiner aufhält, gibt, und ich versuche, es ihm in der schönen Naivität, die die Dichter ziert, zu erklären. Es gibt niedere, mittlere und höhere Welten, erkläre ich ihm, aber wer sich nur, wie der Steiner, in einer von diesen Welten aufhält, kann leicht verunglücken und für sein jetziges Leben zum Geistes-Invaliden oder Sektierer werden.

Ich bleibe in der Kühle der physikalischen Blicke

von Studienrat Höhler stecken. Er stellt die These auf, es gäbe nur diese eine Welt, und die wäre weder hoch noch niedrig, sondern sie sei, wie sie sei und wirklich. Ich bitte ihn, mir ein Stück Elektrizität körperlich begreifbar und wirklich zwischen die Birnbäume ins Unkraut zu stellen. Er fängt an, etwas von Feldtheorie zu stottern, aber begreiflich machen kann er mir die Elektrizität damit nicht. Es entsteht zwischen uns ein Zustand, den die Politiker sich angewöhnt haben, ein *Patt* zu nennen.

Es ist gut, daß die Hausfrau kommt, die Frau Höhler, und die Starre, in die wir verfallen sind, mit zigeunerischen Blicken löst. Sie steht auf der Seite der reifen Birnen, die vom Baum wollen, die um jeden Preis, auch um den Preis, erst durch einen Menschen und sein Gedärm hindurch zu müssen, zur Erde und zum Keimen wollen, und Frau Höhler hat kein Einsehen, daß wir das mit den höheren Welten noch nicht geklärt haben.

Das Leben! Das Leben! Ich bemerke, daß mich Frau Höhler dann und wann mit einem Extralöffel Haferflockenbrei begünstigt, und ich ertappe sie zuweilen bei Blicken, die mich wie einen heruntergekommenen Hengst betrachten, der das Futter nicht versagt und anzeigt, daß er wieder werden will. Allmählich werde ich gewahr, daß mich Frau Höhler zu einer Summe in ihrer Rechnung gemacht hat. Sie kann mich zum Beispiel fragen: Mit Ihrer ehemaligen Frau haben Sie wohl nichts mehr zu tun, wie? Ich sage ihr, wie es ist, und daß ich nichts mehr mit dieser Frau zu tun habe, und Frau Höhler beklagt mein Schicksal, besonders das Schicksal meiner Kinder, und sie fragt mich, ob es mir nicht sehr kalt ums Herz ist, so als geschiedener Mann.

Da ist die Tochter der Höhlers, und die heißt Hanna, und ich komme jetzt erst auf sie zu reden. Die Mutter hat ihr ihre Schlankheit, der Vater die Blondheit und das gewellte Haar zum Weitertragen übergeben; das puppenhafte Gesicht hat Hanna allerdings aus eigener Verantwortung, aus ihrer Pubertät heraus erzeugt. Wenn wir uns im Hause oder im Garten treffen, beschwärmt mich Fräulein Hanna mit Blicken, wie sie Backfische sonst nur für Theater- und Filmschauspieler erzeugen, aber ich sehe nicht aus wie ein solcher. Fräulein Hanna scheint nicht zu bemerken, daß ich keine Filmrolle, sondern eine Lebensrolle spiele: Mann in mittleren Jahren, noch behende, Vater zweier Knaben und vorläufig noch nicht wieder verliebt.

Sie sollen mir bitte nicht die Tür öffnen, sagt Fräulein Hanna zum Beispiel, wenn wir gleichzeitig nach dem Essen die Küche verlassen. Halten Sie mich denn für eine korpulente Zwanzigjährige, der das zukommt? Fräulein Hanna erreicht, daß ich sie mit Worten zu einer schlanken Siebzehnjährigen mache, der es sehr wohl zukommt, daß man herspringt und ihr die Tür zum Aussteigen aus der Küche öffnet. *Siebzehn* und *schlank*, damit habe ich es getroffen, und Fräulein Hanna verlohnts mir mit blanken Blikken.

Einen anderen Tag gehe ich zum Himbeerquartier, und das liegt am unteren Ende des Paradiesgartens. Es fügt sich, daß Fräulein Hanna sich mir anschließt. Wir gehen ein Stück nebeneinander, und sie sagt:

Denken Sie nicht, daß ich Ihnen nachlaufe, aber ich bin dabei, mir die Trippelschritte abzugewöhnen und mir einen ausgreifenden Gang anzugewöhnen. Und Fräulein Hanna macht, daß ich wieder mit Komplimenten aufwarten muß, und ich versteige mich, und ich sage: Wer da meint, daß ein gewisses Fräulein Hanna tripple, der solle mir nicht unter die Augen kommen.

Ich kann nicht sagen, daß es mir lästig ist, auf diese Weise von einer Jungfer angeschwärmt zu werden. Die Tatsache hilft mir zeitchenweis über die Eifersucht hinweg, die mich beutelt, nachdem ich die Frau, die einmal *mein* gewesen ist, in amerikanischen Händen weiß.

Frau Höhler gehört in jener Zeit zu dcn Töchter-Müttern, die selber noch in Säften stehen, die auf einen Schwiegersohn aus sind, dem sie sich beim Versagen der Tochter ohne Überwindung angenehm machen können, und sie fährt fort, ihre Pläne mit mir zu haben.

Eines Tages verweise ich einen Amerikaner, der in das Obstgut eingedrungen ist und nun wähnt, in einen Irrgarten geraten zu sein, auf den rechten Weg. Frau Höhler steht in der Nähe und hört, wie ich mit dem Mann englisch parliere.

Wie ich hörte, sprechen Sie Englisch, sagt sie später zu mir. Sollte ich lügen? Ich habe mein Schulenglisch gezwungenermaßen auf den Ägäischen Inseln aufgebessert, habe mit den See- und Kaufleuten auf Naxos gesprochen, habe auf dieser Insel eine Weile gelebt, und als ich die wenigen deutschen Bücher, die dort aufzutreiben waren, um und um gelesen hatte, als ich sie fast auswendig konnte, fing ich an, englische Bücher zu lesen, die mir freundliche Inselbewohner liehen. Der Zahnarzt Sypsymos zum Beispiel lieh mir *The Pilgrims Progress* und Walter Scotts *The Bride of Lammermoor*, und ich las in diesen englischen Büchern so lange, bis ich mir die Bedeutung der Vokabeln, die ich nicht kannte, durch das, was abgehandelt wurde, in etwa erschloß.

Frau Höhler hielt es für möglich, daß nach dem Eindringen der Amerikaner Englisch demnächst die zweite Landessprache werden könnte. Mein Mann ist Humanist, Griechisch, Latein, Sie verstehen, und Englisch ist für ihn die Sprache der Plutokraten. Ich wäre Ihnen zu Dank verpflichtet, sagt Frau Höhler, wenn Sie nach Feierabend hin und wieder mit Hanna ein wenig Englisch reden würden.

Hanna ist in der Abiturklasse, aber die Schule ist noch nicht wieder angelaufen, noch hat die amerikanische Besatzungsmacht keinen Befehl in dieser Richtung herausgegeben. Man kann nicht zusehen, wie das Mädel in Englisch verkommt, sagt Frau Höhler, und sie kann so suggestiv bitten, und ich unterliege ihrer Suggestion, und ich unterhalte mich zuweilen abends mit Hanna in meiner Wächterhütte auf Englisch: How are you heute? Und yesterday, wie ging es Ihnen da? Und Hanna versichert mir auf Englisch, daß es ihr gut gehe, und daß es ihr am Vortage auch gut gegangen wäre.

Die Abende sind lange hell, und an manchem Abend glüht der Himmel wie bei einem Weltenbrand, aber mit dem Weltenbrand ists jetzt vorbei, the war is over.

Was für ein Leben! Kein Grund mehr, sich fürchten zu müssen. Und Hannas Locken, die Erbstücke vom Vater, tändeln ihr bis in die Stirn, und bei günstiger Gelegenheit wird das Innere der einen oder der anderen Locke mit dem Widerschein des Sommerabendhimmels gefüllt, eine umständliche Konstellation, aber einfacher läßt sich so etwas nicht herstellen. Verführerisch, aber ich bin durch meine Eifersucht gegen Verführung gehärtet. Ihr wißt, die amerikanisch werdende Dame drunten in der Stadt! Ich bin unempfindlich für das in Hannas Locken eingewickelte Abendlicht: Sunday, Monday, Tuesday ...

Es steht nicht allzu schlecht um Ihr Englisch, Fräulein Hanna, sage ich. Aber sie behauptet, es stünde schlecht und schlechter um ihr Englisch. Sie würde *irgendwo* sprachlich steckenbleiben, falls sie nach Amerika reisen müßte, so schlecht stünde es um ihr Englisch, und ich sollte es weiter mit ihr treiben. Sie packt sogar in der Dämmerung leise meine Hand und versucht, sie ein wenig an sich zu ziehen, und als ich nicht nachgebe, entschuldigt sie sich sogleich. Sie hat einen Lieblingsonkel, und den hat sie als Kind auf diese Weise des öfteren mit Erfolg zum Bleiben gezwungen. Ganz schön gescheit schon für ihre Jahre, dieses Mädchen Hanna. Oder hat sie mich aus Naivität zu ihrem Lieblingsonkel gemacht?

Ich bin beim Ausmisten der Ziegen. Frau Höhler kommt und spricht mit mir über die Erziehung der Jugend, sie hätte schon in der Kriegszeit wenig getaugt, aber jetzt wäre sie ein einziges großes Loch. Dann kommt Frau Höhler auf junge Mädchen insbesondere zu sprechen. Es läge in der Natur, daß sie für gewisse Männer schwärmen, sagt sie, und sie warnt vor dem Schaden, den eine edle Verliebtheit nehmen könnte, wenn der angeschwärmte Mann zu früh reagieren würde.

Ho, ho, wie kompliziert ist das Leben nach dem Kriege schon wieder! Man hat geträumt, daß es einfach sein würde. Hat Fräulein Hanna befürchtet, ich würde ihrer Mutter erzählen, daß sie sich mir in der Hütte am Abend sanft näherte? Wollte sie mir zuvorkommen, oder fürchtete sie sich vor dem eigenen Temperament? Jedenfalls erschienen jetzt abends zwei weitere Mädchen, zwei Abiturfreundinnen von Hanna, bei mir in der Wächterhütte, und ich weiß nicht, wer sie mir zugeschickt hat. Das eine Mädchen ist brünett und dicklich, das andere ist schlank und blond und hat einen kühlen Ziegenblick. Auch die beiden Zugesandten wollen im Englischen nicht verkommen, wie sie sagen, und sie beschauen den glühenden Abendhimmel und sagen: What a prettyness in the sky! Und Fräulein Hanna sagt: Excuse me, und ich weiß nicht, worauf es sich bezieht.

Ich gehe sparsam in die Stadt hinunter zu meinen Söhnen. Selbstschutz. Soll ich hingehen und meine Eifersucht füttern? Frau Höhler hat alsbald heraus, wie es in mir umgeht. Ich weiß nicht, woher sie die Kaplans kennt, aber sie hat sich von ihnen über mich einschenken lassen.

Es ist Ihnen nicht ganz behaglich, in die Stadt und zu Ihren Söhnen zu gehen, sagt sie. Weshalb die Söhne nicht einen um den anderen Tag hierher aufs Obstgut holen? Das besorgt Ihnen niemand besser als

Hanna. Ich meine, die Söhne sind Ihnen immerhin bei der Scheidung zugesprochen worden.

Noch ehe ich genickt oder zugestimmt habe, geschieht alles nach dem Plane von Frau Höhler: Hanna holt einen um den anderen Nachmittag die Jungen aus der Stadt. Der ältere ist übrigens mit den Augen der Mutter ausgestattet, mit den Augen, die mit saugenden Blicken beflucht oder gesegnet sind, und der jüngere hat Augen, die aus meiner Familie stammen könnten. Er ist zudem ein fröhlicher Junge. Ich sagte euch schon, daß sie Arne und Jarne heißen, aber jetzt wollen sie Jim und Joe heißen, und Frau Höhler fragt mich: Nennen wir sie so, oder fällt uns das gar nicht ein? Ich gebe ihr zu bedenken, daß es sich um kindliche *Mucken* handelt, und daß wir die Jungen überseeisch benennen wollen, wie sie es sich wünschen.

Die Jungen sind nun oft auf dem Obstgut und machen Entdeckungen, freunden sich mit dem Dackel des Chefs an, stecken den in einen alten Strumpf und freuen sich, wenn er drinnen im Strumpf bellt, weil er wähnt, in einer Kaninchenhöhle zu stecken. Die Jungen können nicht begreifen, weshalb eine Katze keine Spitzmäuse frißt. Sie versuchen die Ziegen zu melken, werden gestoßen und von gespaltenen Ziegenhufen geschlagen, und sie spielen Fußball mit den Krautköpfen vom frühen Wirsingkohl, oder sie spielen mit Hanna wie mit einer großen Schwester, und Frau Höhler stößt mich an und sagt: Sehen Sie, ein Mütterchen wie im Buche!

Herr Studienrat Höhler beteiligt sich nicht an der Zusammenstellung meiner neuen Familie, er hat mit sich zu tun, ihm ist eine Welt eingestürzt, ein Reich, das für tausend Jahre *vorprogrammiert* war, und von dem nun nach zwölf Jahren schon nichts mehr übrig ist. Er ist nicht als Fanatiker in diesem Reich umhergegangen, mehr als ein wohlwollender, ein stiller *Arbeiter der Stirn und der Faust.* Er hat diese Frau von unarischem Aussehen geheiratet, und die hat das Obstgut geerbt. Er hat seit seiner Bräutigamszeit in diesem Garten Eden gearbeitet und war außerdem ein guter Studienrat und hat den Bürgerkindern aus Grottenstadt, die es im Leben zu etwas bringen sollten, den Pythagoräischen Lehrsatz, die erstaunliche Tatsache beigebracht, daß in jedem rechtwinkligen Dreieck die Summe der Quadrate über den Katheten gleich dem Quadrat über der Hypotenuse ist.

Nun sucht Herr Höhler nach einem neuen Reich, in dem er wohlwollend umhergehen kann, und ich soll, wie mir scheint, seinen Berater abgeben. Sie werden doch nicht sagen wollen, daß wir uns in Bälde eine Welt nach dem Muster der amerikanischen Plutokraten einrichten werden: Hosen und Hosenträger, alles aus dem gleichen Stück, aus dem gleichen Stoff (er meint die Overalls), Hüte dazu mit Krempen so breit wie die Schutzschirme von Jahrmarktshändlern?

Ich kann leider nicht dienen, es ist mir nicht gegeben, mich als Prophet aufzuspielen.

Herr Höhler erklärt mir, daß er nicht ganz so wohlwollend durch das jetzt zertrümmerte Reich gegangen ist, wie ich vielleicht glaube: Unser Gauleiter hier in Thüringen, den ich immer Saukerl nannte, hat mir nie gelegen, sagt er. Ich erinnere mich, wie er in dunkler Uniform nebenan die Zellwollfabrik eröffnete, und wie er über diese Uniform strich und erklärte, sie wäre mit den vereinten Genialitäten der Führung und der Chemiker aus Kartoffelkraut gemacht. Genialitäten – was für ein Pseudo-Gebildeter, dieser Mensch, und wo waren seine Tuche aus Kartoffelkraut, als sie unsere Truppen später in der Stalingrader Kälte nötig gehabt hätten? Dieser Saukerl aus dem Arbeiterstande, er war ein Gernegroß und nichts sonst.

Ich lasse Herrn Höhler reden, ich stimme nicht zu, und ich stimme nicht dagegen. Ich bin drauf aus, nicht nur nominell ein Schriftsteller zu sein, sondern mich, bei passender Gelegenheit, als ein solcher auszuweisen; ich mache mir abends in meiner Hütte Skizzen. Herr Höhler, so schreibe ich mir auf, gehört zu den Deutsch-Uneinsichtigen. Es ist bis heute zu wenig vermerkt, daß es sich bei denen um eine gefährliche Massenpartei handelt, um eine Partei, die deutsch-preußisch bestrebt ist, Altes oder politisch Veraltetes, was sich wirklich nicht bewährte, wieder herzustellen. Hoffentlich gehört nicht auch der Aufmarsch von Soldaten im Paradeschritt vor der sogenannten Neuen Wache in der Hauptstadt unseres Ländchens dazu.

Herr Höhler überlegt und überlegt, weshalb es Hitler nicht gelang, die Deutschen dorthin zu führen, wo er sie gern hingehabt hätte. Der Besitzer des Obersalzbergs war für ihn ein Genie, und Herr Höhler kann bis auf den Tag, da wir beide beratend auf dem Baumstreifen zwischen Hirtentäschelkraut und Käspappeln sitzen, nicht begreifen, warum kein

Wunder geschah, dieses Genie zu retten, als die Russen es in die Ecke eines Bunkers in Berlin gedrängt hatten. Nicht, daß ich abergläubisch bin, sagt Herr Höhler, aber die Lahmlegung eines solchen Genies muß durch gewisse Strahlungen erfolgt sein, deren Beschaffenheit auch einem Physiklehrer unbekannt ist.

Übrigens ist so manches falsch gemacht worden, als Hitler, dieses Genie, noch lebte, behauptet Herr Höhler auch. Er kann zum Beispiel im Gegensatz zu anderen Leuten nicht verstehen, weshalb man in der Hitlerzeit Nietzsche zuließ, weshalb man dessen Bücher damals nicht mitverbrannte. Und er will von mir wissen, ob ich auch die Schrift *Nietzsche kontra Wagner, ein Musikantenproblem* gelesen habe. Ich habe sie gelesen.

Dann müssen Sie doch zugeben, daß eine Weibergeschichte dahintersteckt. Himmel Herrschaften, Nietzsche, dieser Syphilitiker, er hätte dem Wagner die Cosima gern weggenommen, und weils nicht geklappt hat, hat er den Richard schriftlich beleidigt. Die Syphilis saß Nietzsche doch schon im Hirn, als er seinen *Zarathustra* schrieb, und die dummen Leute haben es für Philosophie hingenommen.

Alles das höre ich mir an, ohne Herrn Höhler zu widersprechen. Ich spüre, daß das nutzlos ist; das Thema hat Höhler ins Schäumen gebracht, außerdem war ich nie ein Agitator, auch für meine innersten Angelegenheiten nicht.

Es wird lebendig und lebendiger auf dem Obstgut, je näher der hohe Sommer kommt. Zwei Berliner arbeiten gleich mir als Hilfsarbeiter zwischen den Bäumen, ein ehemaliger Feldwebel, dessen Wohnung in Berlin zertrümmert ist und der seine Frau nicht finden kann. Der andere Mann in meinem Alter hat eine zerschossene Wange, und die bestimmt nunmehr die Art seiner Aussprache und wahrscheinlich auch sein fürderes Schicksal. Ich kann sein Schicksal nicht verfolgen; er verschwindet eines Tages. Ich kann mir nicht erklären, weshalb, aber er leidet seit seiner Verwundung an einem Übermaß von *SCH*-Lauten, und die müssen anscheinend aus ihm heraus, aber ich kann nicht erkennen, nach welcher Regel: Wieder scheine Maus, quiekt er, wenn er beim Erdumgraben eine Maus heraufholt. (Er hieß Mohn, flüstert mir mein Gedächtnis soeben zu.)

Mohn hats zunächst nicht eilig, nach Berlin zu kommen. Seine Frau wurde von Bomben zerschmettert. Macht nich allzu ville, sagt er, wenn man ihm Mitgefühl zeigt. Wir schhaben uns nischt mehr verschtanden.

Aber wird ihn eine andere verstehen, wenn er eine sucht? Wird sie ein Einsehen mit ihm haben, wenn er ihr erklärt, daß der Krieg an seinem Sprachfehler schuld ist? Der Schkrieg, der verfluchte Schkrieg!

Es mag euch unwichtig erscheinen, daß ich meine Begegnung mit Mohn hier aufzeichne. Mir schon nicht mehr. Mein Gedächtnis erinnert mich an einen ironischen Gedanken, der sich mir damals aufdrängte: Wie glücklich kannst du sein, dachte ich, deine Frau ist heil, deine Wohnung ist heil, wenn auch nichts mehr davon zu verwenden ist.

Die Schule, jenes anzweifelbare Erziehungsinstitut, arbeitet und arbeitet noch immer nicht. Die Wild-

Westler stoßen unsere Kinder in die Verblödung, damit sie mit ihrem kleinen Grips die Überlegenheit der Neuweltbewohner demonstrieren können, sagt Studienrat Höhler hinter vorgehaltener Hand. Die Amerikaner bleiben nicht hier, sagt der Pächter der Kaffee-Wirtschaft im Hause. Die Russen kommen, heißt es. Und weshalb kriegen wir das nicht offiziell zu wissen, fragt Studienrat Höhler und antwortet gleich selber: Die Hinter-Ozeaner wollen, der deutsche Kulturmensch soll ohne Informationen, ohne Zeitungen zusammenbrechen.

Das Mädchen Hanna bringt immer mehr beschäftigungslose Abiturientinnen aus seiner Klasse mit auf das Obstgut und unter die Bäume, unter die pflanzlichen Haustiere, die da Äpfel melken und Birnen legen. Die Mädchen laben sich am Obst, arbeiten wenig, singen, lachen und schmücken sich mit Blumen, und unser Gartengrundstück wird immer edenähnlicher, und eines Tages geht ein Mann durch das grüne Tor in den biblischen Garten. Er trägt eine gestreifte Jacke, braucht Obst und Vitamine, will sich rappeln und eine Weile bleiben, er ist ein Konzentrationslager-Häftling. Frau Höhler nimmt den Mann mit unter ihre schwarzen Gluckenflügel, er darf bleiben, solange er will. Der Mann heißt Ranz, ruft mir mein Gedächtnis herüber.

Die Sieger, wie sich die Amerikaner eine Weile nennen, führen einen Begriff zu Ehren, den Begriff *Wiedergutmachung*. Manche Deutsche denken darüber nach, kommen zu Einsichten; manche bleiben beim Nachdenken stecken, und bei vielen kommt die Bedeutung des Wortes nie an. Wiedergutmachung, das ist für sie die Sache anderer Völker, die uns in den Krieg zogen. Ein jeder kann doch sehen, daß wir jetzt wie gerupfte Hühner auf den Trümmern unseres Stalles sitzen. Also, haben die anderen gutzumachen!

Welcher Gott muß erscheinen, um jene Deutschen davon zu überzeugen, daß sie sich durch ihre Kriege schuldig und immer wieder schuldig machten?

Mein Studienrat Höhler ist merkwürdigerweise von dem neuen Mann in der gestreiften Jacke eingenommen. Er läßt sich Konzentrationslager-Erlebnisse von Ranz erzählen und fragt mich: Wieso haben wir das nicht gewußt?

Der Mann Ranz ist einige Jahre jünger als ich, und wenn es nicht respcktlos geklungen hätte, hätte ich ihn einen Schönling nennen müssen. Leute mit solchen Gesichtern waren bis kürzlich Abschützen von *Feindflugzeugen* oder Versenker von Bruttoregistertonnen, Ritterkreuzträger und Verursacher von Zeitungsschlagzeilen.

Herr Ranz geht im Garten umher und spricht den Früchten zu, um es klassisch zu formulieren. Er muß nicht arbeiten. Es ist ihm von den Höhlers gesagt worden, wenn er will, dann soll er, aber nur ganz wenig; vor allem soll er sich erholen.

Ranz liegt am Rande des Himbeerquartiers im Halbschatten, liegt dort hüftlings, hat einen alten Strohhut des Chefs auf dem Kopf, und den Kopf hat er auf die Hand des angewinkelten Armes gestützt, er sieht aus wie ein sogenanntes Lebendes Bild früher im Dorftheater, auch ein bißchen wie das Tischbein-Gemälde *Goethe in der Campagna.* Ab und zu steht Herr Ranz auf, drückt sich zwischen zwei Himbeerstrauchzeilen hindurch und geht auf ein Mädchen zu, flüstert mit dem Mädchen und bringt es zum Auflachen. Sodann nimmt er dem Mädchen den gefüllten Himbeerkorb ab und trägt ihn an den Weg, und dort hole ich die Himbeerkörbe später mit einem Schubkarren ab. Die Achse des Schubkarrenrades ist ausgeschlagen, und das Rad klackt bei jeder Umdrehung.

Der Chef verwendet, wenn er mit mir über Herrn Ranz spricht, einen Begriff aus dem deutschen Floskel-Arsenal, er nennt ihn einen *leidgeprüften Mann* und fragt mich immerzu: Wieso haben wir das nicht gewußt?

Die Mädchen im Himbeerquartier lassen sich von Ranz Konzentrationslager-Geschichten erzählen, und sie befühlen mit etwas Gruseln seine gestreifte Jacke. Herr Ranz revanchiert sich und befühlt taktvoll den Stoff der Mädchensommerkleider. Es ist zu verstehen, sagt der Chef, oder können Sie sich vorstellen, sagt er zu mir, wie ein Mensch unter Lagerumständen mit gewissen Begierden fertig wird? Sie wissen, was ich meine. Aber wieso haben wir das nicht gewußt?

Bei mir will im Falle von Herrn Ranz nicht allzuviel Bewunderung und Verehrung anwachsen, und ich weiß nicht, woran das liegt. Ich muß mich zur Verehrung zwingen. Ist er mir im Lebensalter zu nahe, oder betrachte ich ihn, der Mädchen wegen, instinktiv als Nebenbuhler, wenn ich sehe, wie ihm die Sympathien der halbjungfräulichen Abiturientinnen zufallen? Eines Tages offenbart er sich den Mädchen und sagt ihnen, daß er tatsächlich ein Abschießer von

Feindflugzeugen gewesen ist. (*Feindflugzeuge* sind niemals deutsche Flugzeuge, vergeßt das nicht!)

Wieviel Striche? fragt das dunkelbraune Mädchen und meint die Markierungen am Hinterleib des Heldenflugzeugs von Herrn Ranz.

Sechs Striche, sagt Herr Ranz ohne Zögern, und die dickliche Abiturientin küßt ihm die Hand.

Gut, sagt die dürre Blonde mit dem Ziegenblick, sechs Flugzeuge abgeschossen, aber wieso sind Sie dann ins Lager gekommen?

Die Antwort von Herrn Ranz: er hätte sich geweigert, Bomben auf englische Städte abzuwerfen, und das hätte man ihm als Befehlsverweigerung ausgelegt. Was für ein Unsinn, sagt Ranz, wie leicht hätte ich, wenn ich England bombardiert hätte, mit einer Bombe Rudolf Heß töten können. Stellt euch das vor, meine Mädchen!

Bravo, sagt die Braune, die Herrn Ranz die Hand geküßt hat.

Ich komme in dem Augenblick ins Himbeerquartier, da Ranz den Mädchen erklärt, er sei um das Leben von Rudolf Heß besorgt gewesen. Das Rad meines Karrens gibt seinen klackenden Laut von sich und trägt mir einen strafenden Blick von Herrn Ranz ein. Oder war ich es, der Herrn Ranz zuerst scharf angeguckt hat? Diese verfluchten scharfen Blicke, sie haben mich mein Leben lang vielen Menschen umsympathisch gemacht!

Die Tage kommen und gehen, und die Nächte kommen und gehen ungerührt und stet, und das seit jener Zeit, da Gott das Licht von der Finsternis schied, wie manche Menschen glauben, oder seit jener Zeit, da der Urknall statthatte, wie andere Menschen glauben, und die einen wie die anderen glauben, und keiner weiß das Wirkliche.

Den Tagen und Nächten aber ist es gleichgültig, ob die Menschen sie benutzen, sich einen Krieg zu machen, oder ob sie sie benutzen, um Frieden zu halten. Ein Mensch wie ich aber, der fürchten muß, einen dritten Weltkrieg zu erleben, fängt an zu glauben, die Menschheit habe den Wechsel von Krieg und Frieden nötig wie das Ein- und Ausatmen, wie den Wechsel von Tag und Nacht. Sie braucht den Krieg, um den Ungereimtheiten, die sie sich erzeugt, bis sie nicht mehr mit ihnen fertig wird, zu entkommen, um nach dem Kriege wieder für eine Weile in der Illusion leben zu können, sie werde sich nunmehr ihrer Vernunft unterstellen und alles zum Besten führen und ewigen Frieden halten.

In dieser Hinwendungsphase zum Frieden und zur Vernunft scheinen wir uns in unserem Garten Eden eine Weile zu befinden. Der Boogie-Woogie ist noch nicht bis auf unsere Obstbauminsel hingedrungen. Vielleicht wird diese besondere Art, sich zu betanzen, die aus *Übersee* kommt, drunten in einigen Privathäusern der Stadt schon gepflegt. Mir ist, als hätten meine Söhne Fräulein Hanna mit Stolz erzählt, ihre Frau Mutter könne schon Boogie-Woogie tanzen. Ich kann es jedenfalls noch nicht, ich bin wieder einmal nicht auf der Höhe der Zeit.

Die Mädchen, die Abiturientinnen, kommen abends nach wie vor in meine Gartenhütte. Wir sehen droben in der anderen Gartenhütte, die Herr Ranz bezogen hat, die Kerzenflamme flackern, und Fräulein Hanna sagt: Herr Ranz arbeitet sein Schicksal auf. Hätte sie es nur nicht gesagt. Diese Redewendung hat sie von ihrem Herrn Vater. Mir versetzt die Tatsache einen Stich. Ich bin stets besorgt um die Zulänglichkeit eines Menschen, der eine vernutzte Redewendung, ob sie nun sein Lehrer, sein Vater, seine Geliebte oder sein Beherrscher gebraucht, blank und ohne das geringste Zeichen übernimmt, daß er sie persönlich ein wenig abgewandelt hat.

Meine Englischkenntnisse sind nicht so *profund*, daß ich sie wochenlang weitergeben kann, ohne sie aufzubrauchen. Mir fehlen vor allem die vielen englischen Redewendungen: Tun Sie möchten ein kleines Gespräch mit mir? Aber gerade solche Redewendungen wären für die Mädchen, falls sie sich mit amerikanischen Soldaten unterhalten wollen, wichtig.

Frau Höhler scheint es mit einem Male recht zu sein, daß meine Englischkenntnisse bei den Redewendungen zu Ende sind. Es liegt nicht in ihrer Absicht, daß ich ihr Töchterchen für den Umgang mit amerikanischen Soldaten abrichte.

In Sachen Liebe haben die Mädchen nichts von mir zu befürchten, nicht den leisesten Überdruck meiner Hand bei der Begrüßung oder bei der Verabschiedung, nicht den leisesten Versuch einer Annäherung. Das Wort *Annäherung* erinnert mich an meine Fahrten mit dem Großvater nach Däben. Da gab es, bevor wir die Schienen der Kohlenbahn vor dem Ort mit unserm Fuhrwerk überquerten, ein Hinweisschild mit dem Warntext: Halt, wenn das Läutwerk der Lokomotive ertönt oder die Annäherung des Zuges anderweitig erkennbar wird. Ich las das Wort Annäherung mit der Betonung auf der zweiten Silbe: An*näher*ung, und ich dachte, es hätte etwas mit Annähen zu tun, bis mir Großvater sagte, das wäre Amtsrichterdeutsch. *Paschtschuli*, sagte er, wir sollen uns vorsehen, wenn die Boahne kummt und klimpert.

Verzeiht diesen Einschub, meine Lieben, es war nicht bös gemeint.

Nun habe ich meine Englischkenntnisse an Sie verausgabt, sage ich den Mädchen, es waren ohnehin keine größeren Posten.

Wie schade, sagen die Mädchen, und sie wollen trotzdem abends in meine Hütte kommen. Ich kann nichts dagegen haben, ich muß den kleinmütterlichen Umgang von Fräulein Hanna mit meinen Söhnen honorieren. Was aber treiben, wenn man die Abende nicht mit how do you do und haben Sie schon einmal gewesen in London verbringen kann?

Pfänderspiele, schlägt die bräunliche Mollige vor.

Oha, Pfänderspiele – Vorwände für erlaubte Küssereien, Vorwände für mit Ehrsamkeit getarnte Lüste.

Keine Pfänderspiele, sagt Fräulein Hanna, und gleich drauf sagt sie, verzeihen Sie, wenn ich vorgriff, Sie wollten vielleicht Pfänderspiele?

Sieh an, wie geschickt das Fräulein Hanna, oder war es schon durchtrieben? Ich tu so, als hätte ich nicht gehört, was sie mich fragte.

Gruselgeschichten erzählen, sagt die blonde Bleiche mit dem Ziegenblick.

Wir einigen uns, und die blonde Bleiche fängt an zu erzählen. Sie erzählt, als ob sie jeden Satz von einem Block abbeißt und dann ausspeit: Es ist Winter, erzählt sie, ich zum Kaufmann nach Brot. Steht ein Mann, belauert mich. Ich zurück ins Haus. Wo ist das Brot? Draußen ein Mann, wer weiß, was der will. Die Mutter mit mir hinaus. Der Mann noch da. Die Mutter klopft beim Luftschutzwart. Der Luftschutzwart geht mit uns raus und lacht, zahnloses Maul und lacht. Wovor wir uns fürchteten, war ein Schneemann. Ist das nicht gruselig?

Nein, gar nicht gruselig, sagt die braune Mollige. Sie erzählt ihrerseits etwas, was sie für gruselig hält. Bei einem Gewitterregen, vor dem sie flüchtet, sieht sie mit eins einen Mann ohne Kopf vor sich.

Hör auf, protestieren die anderen, kennen wir schon, er hat sich die Jacke als Regenschutz über den Kopf gezogen.

Die Mädchen bestürmen mich, Fräulein Hanna sieht mich auffordernd an. Ich verfüge nicht über Gruselgeschichten, ich müßte sie erfinden, doch ich habe mir verboten, Geschichten zu erfinden, seit ich den Roman von dem Mann mit den dreizehn Doggen schrieb, aber das erzähle ich den Mädchen nicht. Ich kann höchstens eine absonderliche Geschichte aus meinem jüngsten Leben erzählen, das kann ich. Wir einigen uns. Ich erzähle eine absonderliche Geschichte: Es ist noch gar nicht so lange her, erzähle ich, es ist zwischen dem Kriegssommer und dem Kriegsherbst neunzehnhundertunddreiundvierzig, und wir befahren das Ägäische Meer. Wir, das bin ich und sind andere Soldaten meines Bataillons, und es ist die Zeit, da die Italiener aus dem Krieg gegen die ganze Welt, den sich Hitler ausgedacht hat, austreten. Als die Italiener ihren Austritt bekanntgeben, bin ich auf Urlaub, und ich bin bei meinen Eltern, und wir fahren Roggen ein. Ich stehe oben auf dem Fuder, und ich gabele, und es kommt ein Mädchen aus dem Haus gerannt und ruft mir und dem Vater zu: Die feigen Italiener haben uns im Stich gelassen! Das Mädchen war nie in Italien, hat nie einen Italiener gesehen, aber sie behauptet, die Italiener wären feige. Das Mädchen plappert etwas nach, was sie von Erwachsenen gehört hat. Ich hasse dieses Nachplappern, sage ich und sehe dabei Fräulein Hanna an. Wir sollten darauf achten, daß nicht unser halbes Leben aus Nachplapperei besteht!

Bitte weiter, sagt die Blonde mit dem Ziegenblick. Sie kann es wohl nicht ertragen, belehrt zu werden.

Und ich fange an, auf meinem Erntefuder umherzuspringen, erzähle ich weiter, und ich schwinge die Stakgabel wie einen Tanzstab und singe: Wende, Ende, Wende, Ende!

He, ruft mir mein Vater aus dem Scheunenbansen zu und legt seinen Zeigefinger an die Lippen. Ich soll schweigen, und ich schweige, weil mir einfällt, daß das Mädchen, diese Greta, die uns die Nachricht bringt, eines von diesen *Führermädchen* ist, Sie wissen. Glücklicherweise ist Greta nicht böse und hinterhältig, erfahre ich am nächsten Tage. Sie hat mich nicht verklagt, sie hat nichts von meinem Freudentanz auf dem Erntefuder erzählt.

Ich benutze also jeden Urlaubstag, der mir noch bleibt, und denke so wenig wie möglich an den Krieg. Man versuchte das stets, obwohl es selten gelang.

Inzwischen wird meine Truppe von hinter dem Polarkreis nach Griechenland verlegt. Das wird mir in einem Telegramm mitgeteilt, und mein Urlaub ist zu Ende, und ich muß meiner Truppe nachreisen.

Alsbald bin ich in der Inselwelt, von der unser Geschichtslehrer in der Stadtschule stets mit besonderer Bewegtheit sprach. Jungen, es ist doch so wunderbar, wie nahe sich auf diesen Inseln Menschen und Götter waren! schwärmt er, obwohl er sie nie gesehen hat, diese Ägäischen Inseln. Unser Geschichtslehrer mit dem Kneifer auf der Hakennase hat die Menschen dort unten nicht gesehen, hat die Götter nicht gesehen, und alles, was er über die Menschen und die Götter in diesem Landstrich weiß, weiß er von Homer, und er nennt das seine humanistische Bildung.

Bisher hatten die Italiener, die Verbündeten Hitlers, die Ägäischen Inseln besetzt gehalten, und die griechischen Inselfrauen liebten die italienischen Soldaten, wie die finnischen Frauen die deutschen Soldaten liebten. Das waren merkwürdige Kriegserfolge. Es war viel Weinens unter den Inselfrauen, als die italienischen Soldaten abzogen und die deutschen Soldaten anrückten.

Die Männer unseres Bataillons werden ziemlich vereinzelt auf die Inseln verstreut, spärlich wie Salzkörnchen auf gekochte Kartoffeln. Über uns also der homerische Himmel, und der ist blau und hoch, und das Meer ist blau und durchsichtig, und an den Abenden leuchtet es, und die Ruder der Fischer sind wie mit Goldpuder bestreut, und was da so leuchtet, sind tote Meerestierchen, die man lebend nicht zu sehen kriegt, und alles zusammen wird Meeresleuchten genannt.

Wir werden zu dritt auf der Insel Ios abgesetzt:

der Gefreite Krause, der Funker Müller und ich, der Soldat Esau Matt. Das Schiff, das uns transportierte, fährt weiter, fährt zur nächsten Insel, um dort ein ähnliches Kommando abzusetzen. Die deutsche Heeresleitung ist gezwungen, sparsam mit uns Soldaten umzugehen. Da gibt es kein Winken, kein sehnsüchtiges Nachschauen, das Schiff verschwindet, und wir stehen im Hafen, und hinter uns haben wir die unbekannte Insel, und ob nun Scylla oder Charybdis, sie hätten sich aufmachen und uns verschlingen können.

Die Inselbewohner sehen uns nicht feindlich an, sondern nicken sogar, wenn sie uns treffen, und der Schreiber der Mairie spricht sogar ein wenig französisch, er ist blondgelockt und immer frisch rasiert und sieht so aus, wie man sich einen Griechen nicht vorstellt.

Inselkommandant ist der Gefreite Krause. Er will Kontakt mit dem Schreiber in der Mairie aufnehmen und braucht dazu den Soldaten Matt mit dessen stümperhaftem Schulfranzösisch. Glücklicherweise hat der Soldat Matt Hände und Beine, die ihm beim Reden helfen, und außerdem ist er früher ein eifriger Laienschauspieler gewesen. Der Gefreite Krause, der Inselkommandant, bestimmt, daß die Mairie von jetzt an Hafenkommandantur ist, und wir richten es uns dort in einem Nebenraum ein. Wir packen unsere Möbelwagen, das heißt unsere Gebirgsjägerrucksäcke, aus. Der Soldat Müller, der Funker, nimmt sogleich Verbindung mit den Leuten auf dem Schiff auf, die uns absetzten. Die Verbindung ist mager. Viele kleine Inseln mit verhältnismäßig hohen Bergen stören den Funkbetrieb.

Wir sind mit Verpflegung für etwa drei Wochen ausgerüstet, nach dieser Zeit, so hieß es, würden wir Nachschub kriegen. Wir sind mit genügend Geld ausgerüstet, mit Beträgen in deutscher Mark und Beträgen in griechischen Drachmen. Vor allem aber sind wir mit kleinen gelben Tabletten von der Größe eines Kistennagelkopfes ausgestattet, Antifiebertabletten, die wir regelmäßig schlucken müssen, um nicht diesem Papadatschi-Fieber zu verfallen, das auf den Inseln umgeht. Man hat uns so reichlich mit diesen Tabletten ausgestattet, als sollten wir uns in Notzeiten von ihnen ernähren.

Am zweiten Tag unserer Inselzeit reißt die Funkverbindung ab. Wir haben keinen Kontakt mehr mit den deutschen Eroberern und Herumtreibern. Unser Hafen sei ein Naturhafen, erklärt uns Kostas, der Schreiber der Bürgermeisterei, aber diesem Hafen ist eine Insel vorgelagert, und die ist es, die ihm sozusagen die Verbindung abschnüre, behauptet Funker Müller. Er droht uns krank zu werden. Lieber drei Tage ohne Essen als drei Tage ohne Funkverbindung. Müller bringt sein Funkgerät in ein Fischerboot, er will damit hinter die vorgelagerte Insel und von dort aus sein Funkgepiep an die deutschen Kameraden auf dem Schiff liefern. Ein Schiffer erbietet sich, ihn hinter die vorgelagerte Insel zu rudern, aber da mischt sich Kommandant Krause ein. Der Fischer kann ein Spion sein, lieber wird er, Krause, der Inselkommandant, sich zum Ruderknecht machen und Müller dorthin bringen, wo er sich frei aussprechen oder frei auspiepen kann.

Sie fahren los, und Kostas, der Amtsschreiber, und

ich stehen an der Mole und sehen ihnen nach. Wir sehen sie lange, lange und sehen sie immer noch. Das südliche Meer bringt unser Gefühl für Entfernungen durcheinander. Es verwirrt uns, die Götter sind im Spiel, miteins greifen sie sogar ein. In der Nähe des Nachens von Müller und Krause taucht ein Unterseeboot auf. Kostas sieht es zuerst, und er stößt mich an und er sagt: Anglais!

Wir sehen, wie sich das englische Unterseeboot dem Griechenboot von Müller und Krause nähert, und ob das auf Befehl oder freiwillig geschieht, können wir nicht ergründen, denn wir sehen wohl, doch wir hören nicht, wir sehen Krause und Müller auf das Unterseeboot umsteigen. Müller hat sein Funkgerät bei sich, und alsbald sind sie im Bootsbauch verschwunden, und das Unterseeboot taucht wieder, und das Fischerboot taumelt über die Bläue hin und macht einen ratlosen Eindruck, bis Fischer hinausrudern und es in den Hafen holen.

Ich durchsuche das Boot naiverweise nach einer Nachricht, doch ich finde keine. Müller und Krause haben vor Schreck vergessen, daß sie einst schreiben gelernt haben.

Bin nun ich Inselkommandant, oder bin ich ein Gefangener der Griechen? Es muß sich in den nächsten Stunden herausstellen. Kostas behandelt mich so wie vorher und keinesfalls, als ob ich sein Gefangener bin.

Was ich in diesem Augenblick sonst noch fühle und denke, weiß ich nicht mehr. Ich achtete damals noch nicht auf die einzige Wirklichkeit, die es gibt, auf den Augenblick, und das gelingt mir auch heute noch nicht immer.

Vor mir das blaue, blaue Meer. Man sagt das so hin, ohne zu wissen, wie viele Arten von Blau es gibt. Aber das lerne ich in meiner Zeit auf Ios. Dort, wo die Insel mit Hilfe einer Landzunge Meerwasser schleckt, steht die byzantinische Kirche. Am Strand haben die Fischer ihre Netze ausgebreitet, und die Netze sind rötlich, ein ganzes Feld aus rötlichen Netzen, und es liegen Korkstücke auf den Netzen wie Kartoffeln auf einem rötlichen Acker.

Ich sehe noch eine Weile zu der Stelle hin, an der der Inselkommandant, der Gefreite Krause, vorsichtig vom Fischerboot auf das Unterseeboot stieg, und ich denke noch ein Weilchen an Müller mit seiner breiten Narbe, aus einer wilden Kindheit, an der rechten Wange, und ich bezweifle, daß ihm die Engländer seine Lebensfreude, das Funken, dort unten im Bauch des Unterseebootes gönnen werden.

Auch die Fischer, die mit ihren rötlichen Netzen hantieren, scheinen nichts anderes in mir zu sehen als das, was ich vorher war, und Kostas sagt zu mir *midi* und deutet an, daß es Mittag ist, und wir gehen in die Bürgermeisterei, um zu essen. Da Kostas so tut, als würden Müller und Krause abends wieder im Hafen auftauchen und uns mit neuesten Nachrichten aus aller Welt versehen, entschließe auch ich mich, so zu tun, ich muß.

Die eigentliche Stadt Ios sehe ich vom Hafen aus nicht, sie liegt im Innern der Insel versteckt. Man hat sie, wie mir Kostas französisch und mit den Händen beibringt, vor den Seeräubern versteckt.

Gibt es noch Seeräuber?

Doch, es gibt noch Seeräuber, sagt Kostas und erschrickt, weil er zu weit gegangen ist, aber ich weiß, was er denkt. Einer der modernen Seeräuber steht vor ihm, denkt er.

Die wenigen Häuser, die im Hafen stehen, vertreten also für den Fremden, der da ankommt, die Stadt Ios. Am späten Nachmittag geht Kostas in die Stadt, seine Familie wohnt in Ios.

Ich bin allein in der Mairie, und die Nacht kommt, und ich kann nicht schlafen. Das Meer schlägt in regelmäßigen Abständen gegen die Hafenmole. Ich richte mein Ein- und Ausatmen auf den Rhythmus der Wasserschläge und die dahinter liegende Stille ein, und die Stille ist durchsetzt mit dem Zirpen von Zikaden. Ich bilde mir ein, eine Entdeckung gemacht zu haben: Der Rhythmus der Brandung und der Rhythmus meines Atems stimmen überein, wenn ich lange genug aus- und einatme. Etwas Besseres fällt mir in den ersten zwei Dritteln der Nacht nicht ein, und gegen Morgen kommt eine Befürchtung auf mich zugekrochen: Ich befürchte, daß mich die Leute, die ich die Unsrigen nenne, nicht mehr abholen. Sie wissen zwar nicht, daß ich allein hier sitze, aber auch, wenn wir noch zu dritt hier säßen, könnten sie uns womöglich vergessen. Solche Liederlichkeiten kommen vor. Krause erzählte mir, daß sie einmal vom Schiff aus eine Insel beschossen, auf der schon Deutsche abgesetzt waren.

Und die zweite Befürchtung kommt angekrochen: Vielleicht hat Kostas in der Stadt mit den Räten und Ältesten beschlossen, was sie mit mir machen werden. Ich bin einer dieser verruchten Deutschen, die alle Welt in ihren Krieg hineinzogen. Wer weiß, was sie sich dort hinten in der Stadt für eine Strafe für mich ausdenken?

Wieder fällt mir Jolly, der Hungerkünstler, ein, von dem ich euch schon in einer anderen Geschichte erzählte: In den zwanziger Jahren stellte er sich in Berlin in einem Glaskasten aus und hungerte Neugierigen gegen Eintrittsgeld tage- und wochenlang etwas vor. Wenn nun die Inselbewohner von Ios etwas Ähnliches mit mir vorhatten, wenn sie mich in die Stadt hinaufbringen und mich in einem Schaufenster ausstellen, ein Exemplar der modernen Seeräuber in einem Glaskäfig. Sie brauchen mich nicht einmal hungern zu lassen, meine Qual wäre, dort im Schaufenster in der grellen Sonne sitzen zu müssen, ein Ausgestellter zu sein, ein Anschauungsobjekt. Die Ausstellung von Jolly, der sich nachts heimlich ernähren ließ, endete damals mit einem Skandal. Wie würde meine Ausstellung enden?

Als ich im Hafen die ersten Stimmen von Fischern höre, nehme ich mir vor, etwas zu tun, um jemand zu sein. Damals weiß ich noch nicht, daß es das Größte im Leben eines Menschen sein kann, zwecklos zu leben.

Kostas kommt summend in die Mairie. Ich kann keinerlei Veränderungen an seinem Wesen feststellen. Er gibt mir von seinem Kaffee ab, und wir reden, so gut wir können, miteinander, und ich fange an, mich zu beschäftigen, um wer zu sein. Ich mache mich zum Verwalter von zwei überzähligen Gebirgsjägerrucksäcken. Ich sichte das Gepäck der Untergetauchten, sehe mir eine Weile das Foto der Frau des Inselkommandanten Krause an, das Foto einer kleinbürgerlichen Dame aus Crimmitschau, die einen Kopf voll künstlicher Locken umherträgt, und ich sehe mir ein Foto der beiden Söhne des Funkers Müller an, beide mit Halstüchern und ledernem Schlipsknoten, flotte Jungs mit Hüftmessern, weißen Zähnen, und Deutschlands Zukunft eben.

Ich verbrenne dieses Foto, verbrenne alles persönliche Zeug von Krause und Müller, was auf ihre Eigenart als stramme Deutsche hinweist, um die Griechen nicht zu erregen, falls sie doch noch auf den Einfall kommen sollten, das Gepäck zu beschlagnahmen. Ich bitte Krause und Müller von hier aus um Verzeihung; vielleicht gehören sie zu jenen, die politisch geheilt aus dem Kriege kamen, und sind mir dankbar für das kleine Feuer, das ich aus ihren Erinnerungsstücken machte.

In meinem Gepäck sind so Dinge nicht zu finden, die die Griechen erregen könnten, außer einem Foto vielleicht, das eine Frau, noch ohne Carmenlocke auf der Stirn, zeigt, aber mit einem Mund, der sehr breit ist und lächelt und dem man ansieht, daß er es bei den unmöglichsten Gelegenheiten tut.

Sodann lasse ich die kleinen Konservenbüchsen mit Fleisch und Wurst und das italienische Hartbrot aus den Rucksäcken von Müller und Krause in meinen Rucksack überwechseln und schütte vor allem die kleinen gelben Tabletten gegen das Papadatschi-Fieber zu den meinen in ein kleines Säckchen und stecke das Säckchen in meinen Brotbeutel, von dem ich mich Tag und Nacht nicht mehr trenne. Die Tabletten sind das reinste Gold, wie ich feststelle: Einer der Fischer bietet mir für eine zwei Drachmen. Er benötigt sie, wie er mir pantomimisch erklärt, für sein fieberndes Kind. Ich nehme den Fischer heimlich beiseite, gehe mit ihm hinter die Mairie in den Schatten, gebe ihm fünf Tabletten und gebiete ihm mimisch Stillschweigen. Seine Drachmen nehme ich nicht, und ich komme mir edel dabei vor und hoffe ein bißchen, daß mir die Griechen das in Rechnung stellen, falls sie doch etwas mit mir vorhaben.

Die nächste Nacht schlafe ich gut, und ich krieche am Morgen erfrischt aus dem Schlafsack, wasche mich und gehe zu den Fischern an den Strand. Der Horizont ist wie der Saum am blauen Hemd eines griechischen Gottes. Ich suche diesen Saum nach einer Schiffslaus ab, aber er ist sauber, und ich merke mir die Farbe des Meeres: An diesem Morgen ist es taubenblau.

Ich gehe in die Mairie und koche mir Morgenkaffee. Kein Deutscher, auch wenn er nur so aussieht wie ein echter, glaubt auf seinen Morgenkaffee verzichten zu können, selbst wenn dieser Kaffee nur Ersatz ist und aus gebrannter Gerste besteht. Unser Bataillonskoch hat uns eine gehörige Menge von diesem Ersatzkaffeepulver hinterlassen. Er muß geglaubt haben, daß auch dieses Gerstenpulver Menschen aufmutzt, sie wach und wachsam hält. Ich müßte demnach die dreifache Portion trinken, ich muß für drei Mann wachsam sein.

Kostas rümpft über meinen Kaffee die Nase. Er will mir von seinem einflößen, der ist aus gebrannten Kicher-Erbsen. Kostas müht und müht sich, mich in das Lager der Kicher-Erbsen-Trinker hinüberzuziehen, aber ich muß ablehnen, Gerste ist Gerste, und Erbsen sind Erbsen, doch damit mir Kostas wohlgesonnen bleibt, schenke ich ihm eine Antifiebertablette. Er bedankt sich graziös und bietet mir später von seinem Mittagbrot an, und als ich ihm auch dafür eine Tablette anbiete, wehrt er energisch ab, er ist kein Wucherer.

Nach dem Morgenkaffee bin ich frei, aber auch nach dem Mittagessen bin ich frei, und nach dem Abendessen habe ich Feierabend. Eine Weile versuche ich mir vorzustellen, ich sei ein Urlauber, aber ich habe noch nie Urlaub auf einer südlichen Insel gemacht, und ich weiß nicht, wie man es anstellt, ich versuche es: Ich gehe zum Strand und sehe den Fischern zu, wie sie Tintenfische fangen, wie sie ihnen die Fangarme abschneiden, und wie sie die Fangarme auf den Steinen der Mole klopfen, damit sie weich werden und sich essen lassen. Manchmal schenkt mir einer der Fischer einen Tintenfisch-Arm, und ich gebe ihm später, wenn ich ihn in einer Ecke allein habe, eine Tablette dafür.

Ich geh zurück in die Mairie und schreibe mir auf, wieviel Tintenfische an der Mole geklopft wurden, und ich schreibe alles so genau auf, wie es um diese Zeit auch ein gewisser Hemingway tut, von dem ich noch nichts weiß, und da ich viel Zeit habe, schreibe ich nicht nur über Tintenfische, sondern auch über meine Ausflüge:

Ich gehe in die Stadt hinauf und bilde mir ein, ich sei ein Seeräuber, der die Stadt entdeckt hat, obwohl man sie gut versteckte. Ich bin Sindbad oder so einer. Nein, ein Wikinger bin ich nicht, das ist mir zu nordisch.

Die Stadt Ios glänzt weißer als weiß in der Sonne, und ein Haus, das anfängt, ein wenig dunkler zu sein, wird am nächsten Tag schon wieder weiß gestrichen, damit es nicht absticht. Das besorgen die Frauen mit Faserbürsten; sie können ihr Ios nicht weiß genug haben.

Übrigens ist die Stadt ein einziges großes Haus. Man steigt Stufen und Treppen hinan oder hinab, wie man in einem geräumigen Haus von einem Stockwerk ins andere steigt, aber was in einem Haus ein Zimmer ist, ist hier eben ein Haus, und das ist der Zauber der Inselstadt. Manchmal begegnen mir Mädchen auf der Gasse, doch wenn sie auf meiner Höhe sind, sehen sie auf die andere Seite und sind reizend schüchtern, oder sie tun so.

Manchmal setze ich mich in ein Café auf einen Stuhl, auf dem schon Odysseus gesessen haben kann, und ich setze mich an ein Tischchen, und ich kriege meinen Kicher-Erbsen-Kaffee und reichlich Zucker. Ich zahle mit Drachmen, und ich achte sehr darauf, nicht das Geld zu packen, das ich meinen Kameraden notgedrungen entwenden mußte. Manchmal setzen sich Männer mit zu groß ausgefallenen Mützen an die anderen Tische. Sie lächeln mir nicht gerade zu, aber sie haben nichts dagegen, und sie gestatten es mir, daß ich ein Fremder bin und so tue, als ob ich Kicher-Erbsen-Kaffee trinke.

Ich gehe wieder hinunter zum Hafen und denke, jetzt gehst du heim. So rasch wird man heimisch.

Ich bin wieder in der Mairie und schreibe auf, was ich in der Stadt erlebte, wie die Männer mich ansahen, und wie die Mädchen mich nicht ansahen, und wie die Männer mir erlaubten, auf dem Stuhl von Odysseus zu sitzen. Ich schreibe auf, wie die Esel, diese vierbeinigen Inselfahrzeuge, in der Stadt der tausend Stufen auf und nieder steigen; wie sie Wasser tragen, ohne daß sie selber etwas trinken, und manchmal kommen sie von hinter der Stadt wie Stacheltiere auf Eselsbeinen und sind mit Flechten bepackt, mit Flechten, dem Holz für die Feuer von Ios, auf dem man die Arme der Tintenfische kocht. Ich schreibe also von Eseln, Tintenfischen und Flechten, werde immer inselkundiger und tu so, als ob ich der erste Mensch wäre, der über diese Insel schreibt, einer, der nicht weiß, wie viele Leute über sie schon geschrieben haben, und daß vielleicht ein gewisser Homer unter diesen Aufschreibern war.

Und ich treibe es weiter mit meiner Arbeits- und Urlaubsbeschaffung, und ich gehe über die Stadt hinaus und sehe, daß es auch hier Ausbauernhöfe gibt wie bei uns daheim. Ich nähere mich einem der Ausbauernhöfe, und die Hunde tun, als ob sie mich fressen wollten, aber wenn ich trotzdem weitergehe, weichen sie zurück, und ich bleibe ungebissen. Die Hunde fangen schließlich an zu wedeln, als ob sie wüßten, daß ich Antifiebertabletten in meinem Brotbeutel umherschleppe.

Es hat sich auf der Insel herumgesprochen, daß ich der Mann mit den Tabletten bin, gute Taten lassen sich ebenso schwer verschweigen wie Böstaten. Ich schreibe mir den Gedanken sogleich auf, damit er mir hier in diesem Klima, das Faulenzer begünstigt, nicht davonfliegt. Ich werde wohl gar ein Philosoph werden auf dieser Insel.

Eine Bäuerin tritt aus der Tür. Sie macht eine abweisende Handbewegung. Ich soll mich von dannen trollen. Ich will nicht aufdringlich sein und gehorche, aber die Bäuerin kommt mir nach, packt mich beim Arm, dreht mich um und zieht mich in die Bauernhütte. Auf diese Weise erfahre ich, daß eine abweisende Handbewegung in diesen Breiten eine einladende Handbewegung ist. Irgendwo zwischen Deutschland und Griechenland müssen sich diese Gesten in ihr Gegenteil verkehrt haben. Vielleicht gerieten sie in einen Wirbelwind, der sie verdrehte. Vielleicht bringen die jungen Mädchen, die wegsehen, wenn ich sie treffe, damit zum Ausdruck, daß sie mir tief und liebevoll in die Augen sehen? Es macht mir nichts aus, ich habe Zeit, auch darüber ein bißchen nachzudenken, welche Gesten nun die besseren sind – die deutschen oder die griechischen. Ich entscheide mich für die Gesten der Griechen, weil sie Klassiker sind, und, wie man sagt, schon Tragödien dichteten und mit Göttern umzugehen wagten, als die Deutschen sich noch in ihren Eichenwäldern auf billige Weise vergnügten.

Die Bäuerin führt mich in eine Art Veranda, und dort liegt auf einem Lager aus Schafwolldecken ihr Mann, und der ist gelb im Gesicht, und das Gesicht ist eingefallen, und seine Hände sind Mumienhände. Ich sehe, wie das Fieber den Mann schüttelt. Für die Frau bin ich der Wunderdoktor, der den Mann wieder gesund machen kann, eine Art Jesus vielleicht. Ich hole eine Handvoll Tabletten aus meinem Brotbeutel, weil mich der Mann an meinen Großvater erinnert. Die Bäuerin umarmt mich, obwohl das in diesem

Lande nicht üblich zu sein scheint. Ich habe es ja erlebt: die Frauen schauen weg und warten, bis die Männer sie umarmen. Diese Frau aber hier behängt mich dazu mit Kränzen aus getrockneten Feigen. In illustrierten Zeitungen sah ich, daß man in Indien die Gäste mit Blumenketten behängt, ich aber bin behängt mit Feigenketten, und außerdem steckt mir die Bäuerin Tomaten in meinen Brotbeutel und in jede Hosentasche eine grüne Gurke, und es sieht aus, als ob meine Hüften keimen.

Daheim lade ich Kostas zu einem Gastmahl ein, und Kostas liefert einen schweren Wein zu diesem Gastmahl. Der Wein ist süß wie Engelsgetränk. Er hat sich von der Insel Samos hierher nach Ios verirrt.

Noch immer gehe ich jeden Morgen, bevor die Fischer hinausfahren, an die Mole und lese am Horizont und gehe ihn Stück für Stück ab, wie den schwer zu verstehenden Text in einem Buche, aber es zeigt sich dort kein Punkt, der sich zu einem Schiff entwikkeln könnte, und an diesem Tage hat das Meer die Farbe der Blüten von Usambara-Veilchen. Ich gehe in die Mairie und notiere es.

Geblök von Schafen schreckt mich auf. Man hat eine kleine Schafherde aus der Binneninsel in den Hafen getrieben. Einer der drei Schaftreiber sieht aus wie jene Wesen, die von den alten Geschichtsschreibern Zyklopen genannt werden. Ich muß mich auf diese Geschichtsschreiber verlassen, denn ich habe nie einen Zyklopen gesehen, sie scheinen ausgestorben zu sein, wenn es sie überhaupt gab. Wenngleich sie ausgestorben sind, in der Schule habe ich sie in mich aufnehmen müssen, so als ob sie leben. Der Studienrat für alte Geschichte hat sie uns so dräuend erklärt, daß meine Phantasie sie aus dem Nichts, das sie vielleicht immer waren, entstehen ließ.

Der Mann, von dem ich rede, ist einäugig und mindestens um zwei Hirtenmützen höher als seine Mittreiber. Sein brauchbares Auge blickt starr, und seine nackten Füße sind hart wie das Gestein, über das sie gehen. Er trägt einen Knüppel, der schon mehr eine Keule ist, eine Keule aus Feigenholz, die zu seiner Länge paßt. Das Feigenholz ist hart wie das Gestein, aus dem die Feigenbäume die Süße ihrer Früchte saugen.

Die kleinen Schiffchen werden *Kahiki* genannt, und kein Mensch hier würde einsehen, daß man sie auch Boote nennen kann. Das Boot am Kai, ein Frachtboot, wird von einem Motor angetrieben, und der Motor tuckt und tackt. Der Mittelraum des Kahikis ist ein festes Gelaß mit einer Klappe. Die Klappe ist aufgeschlagen, und einer der Treiber steht breitbeinig über der Luke. Man reicht ihm Schaf um Schaf von der Mole herab, und er wirft die Schafe in die Luke. Der Zyklop läßt sich sein Schaf, das er jeweils eingefangen hat, nicht abnehmen. Er wirft es von der Mole aus in die Luke, und wenn er getroffen hat, wiehert er auf wie ein Esel. Die Schafe des Zyklopen, des bin ich sicher, kommen mit gebrochenen Beinen unten im Laderaum an. Ich versage es mir, als tantenhafter Tierschützer aufzutreten, weil ich immer noch damit rechnen muß, daß sie mich im Schaufenster ausstellen, denn schließlich bin ich, das wollen wir nicht vergessen, als Inselkommandant oder so etwas, einer von den deutschen Kommandanten, die in aller Welt

Menschen umbringen oder umbringen lassen, einer, dem es nicht zusteht, hier die gebrochenen Beine eines Schafes zu beweinen. Außerdem erinnere ich mich rechtzeitig der Fleischer bei uns im Schlachthof neben dem Armenviertel, und ich erinnere mich an die Notschlächter daheim, und wie roh die waren, wenn sie das Vieh von den Bauernhöfen holten. Sie waren der Meinung: Weshalb soll Vieh, das in ein, zwei Stunden geschlachtet wird, den Tod unbedingt mit gesunden Gliedern erleben?

Mit eins bekommt der Zyklop mich in sein eines Auge. Er tritt zu mir hin und klopft mit der Keule auf meinen Brotbeutel. Ich sehe, daß er eine Hasenscharte hat. Er murmelt etwas und klopft wieder gegen meinen Brotbeutel. Ich weiß, was er meint, und ich winke ihm, mit mir zu kommen, und diesmal ist es eine List von mir; ich will ihn davon abhalten, daß er den Schafen die Beine bricht. Ich gehe mit ihm zur Seite, lasse ein Zeitchen vergehen und gebe ihm dann drei Antifiebertabletten. Er wiehert wie ein Maulesel und droht mir gleichzeitig mit der Keule. Ich nehme es als eine landesübliche Art zu danken hin.

Jetzt kommt Kostas aus der Mairie und erklärt mir mit vielen französischen Worten, ich soll den Abtransport der Schafe verhindern. Die Männer mit dem fremden Kahiki hätten sich nachts, von wer weiß woher, von Amorgos oder Santorin, hierhergestohlen; es wären Seeräuber, Inselräuber. Das Schaffleisch gehöre den Bewohnern von Ios, es sei Notzeit, und ich müsse den Abtransport verhindern, auch der italienische Inselkommandant hätte das früher so gehalten. Nun weiß ich, daß mich Kostas, daß mich vielleicht alle hier wirklich für den Inselkommandanten halten. Du lieber Himmel! Du liebe Güte!

Ich bin damals gerade auf dem Wege einzusehen, daß man sich nicht in die Angelegenheiten anderer einzumischen hat. Jeder soll das Seine tun, und jeder soll das Seine gut und richtig tun. Ich sehe, wohin es führt, wenn sich ein Volk wie das deutsche in die Angelegenheiten anderer Völker mischt, und ich erkenne, daß man bei sich selber anfangen muß, wenn man will, daß das Volk, dem man angehört, sich verändert.

Und so habe ichs gehalten, und ich ging seither bei mir selber in die Schule, und ich habe versucht, mich nicht und nicht einzumischen, und es gelang mir schon ganz gut, aber nach dem großen Kriege ließ ich mich verleiten, mich wieder einzumischen, denn aus gewissen Vorhaltungen, die man mir machte, ging hervor, daß man sich einmischen muß, aber nun nach allerlei Erkenntnissen mische ich mich immer weniger häufig ein, und ich hoffe, daß es mir in den letzten Jahren meines Lebens ganz und gar gelingt, mich nicht zu vermischen. Bei Kostas aber tue ich, als ob ich schon so weise wäre, wie ich es von mir erwarte, ich lasse das Kahiki mit den Schafen davonfahren, und Kostas ist unzufrieden mit mir.

Ein Tag nach dem andern kommt aus dem Meer und geht in das Meer. Ich verliere das Zeitgefühl. Ich muß rechnen und zählen, wenn ich mir ins Bewußtsein bringen will, wie viele Tage, wie viele Wochen ich nun schon auf der Insel lebe.

Mein Vorrat an italienischem Hartbrot geht zu Ende. Ich gehe nicht ganz ohne Absicht zu den

Windmühlen, deren Flügel so aussehen, als hätte sie jener Gott angefertigt, der für den Bau von Libellenflügeln zuständig ist. Draußen vor der Mühle steht der Maul-Esel des Müllers. Ich rede mit dem Esel, und wir verstehen uns gut. Der Müller kommt heraus, begrüßt mich, und dann tut er so, als würfe er sich etwas in den Mund, und er verschluckt pantomimisch, was er sich in den Mund geworfen hat. Ich weiß Bescheid. Wir gehen in die Mühle, und ich komme mit einem Säckchen Gerstenmehl wieder heraus.

Ich habe in meinem Leben allerlei Brot gebacken, doch jetzt backe ich zum ersten Male Brot aus Gerstenmehl, Flachbrot. Es gelingt mir, aber auch Gerstenmehl nimmt ab und wird weniger, wenn man Brot aus ihm bäckt, das man aufißt.

Wieder ein anderer Tag, und das Meer schimmert morgens pfauenblau. Ich gehe auf einem anderen Weg um neues Gerstenmehl zum Müller. Unterwegs stoße ich auf ein Getümmel von Agaven. Ich sehe sie mir an und suche nach einem passenden Vergleich, um sie Leuten sichtbar zu machen, die sie nie gesehen haben. Sowas tue ich oft, fast immer, obwohl ich doch kein Aufschreiber bin, der an seine Leser denkt, wenn er etwas aufmerksam besieht. Die Agaven sehen aus wie Tintenfische, die aus dem Meer gekrochen sind und hier auf dem Rücken liegend verendeten und erstarrten.

Es eilt nicht mit meinem Mehl. Mir gehört alle Zeit der Welt, solange mich kein deutsches Schiff wegholt. Ich schreibe, was mir an den Agaven auffällt, in mein Notizbuch.

Eine Viertelstunde später erfahre ich, daß mir vielleicht nicht so viel Lebenszeit gehört, wie ich wähne: In einer Schlucht aus zackigen Felsen kommt mir der Zyklop entgegen. Er schwingt seine Feigenholzkeule. Ich fange an, mich zu fürchten. Weshalb soll ichs verschweigen? Der Zyklop ist nur noch einige Schritte von mir entfernt, und es ist ihm ernst, wirklich ernst, bemerke ich. Wie kann er so unvernünftig sein! denke ich. Wenn er mich erschlägt, wird jeder Mensch auf der Insel wissen, daß er die vielen Antifiebertabletten von mir, vom toten Inselkommandanten, hat. Ich wende mich um und flüchte, renne, aber der Zyklop hat längere Beine und härtere Füße als ich. Ich fange an zu manövrieren und Haken zu schlagen, wie wir es als Kinder in der Dorfschule taten, wenn wir uns den Faustschlägen unserer Verfolger entziehen mußten. Hier handelt es sich nicht um Faustschläge.

Mit eins bemerke ich, daß ich den Zyklopen verwirrte. Er rennt weiter in die Richtung, in der ich noch vor einer Sekunde zu haben war. Es gelingt mir ein zweites und ein drittes Mal, ihn zu beirren, und schließlich gelingt es mir ganz und gar, ihn zu betaumeln, und ich drücke mich durch das schmale Felsentor und renne aus der Schlucht und renne davon, renne zum Hafen und berichte Kostas, wie es zuging, daß ich leben blieb.

Kostas lacht mich aus. Er zeigt auf meine Pistolentasche. Janaikis, der Zyklop, sei ein Idiot, ich hätte in die Luft schießen sollen, und er wäre zitternd und jammernd in die Knie gegangen. Ich bringe Kostas' Weltbild durcheinander: Ein deutscher Kommandant hat nicht geschossen, obwohl es ihm sogar zugestanden hätte!

Kostas verflucht den Hirten Janaikis, das einäugige Untier, und verdammt ihn. Er hat Phantasie genug, sich vorzustellen, was geschehen wäre, wenn das Schiff meiner Bataillonsleute in den Hafen eingelaufen wäre, um die drei Deutschen, die hier abgesetzt wurden, wieder aufzunehmen, und er beschwört mich, nie wieder allein und ohne ihn in das Innere der Insel zu gehen. Er legt mir seinen Arm um die Schulter und glaubt, er müsse mich versöhnen, und stellt in Aussicht, daß er den nächsten Tag mit mir ins Insel-Innere gehen und das Grab Homers aufsuchen wird.

Homer?

Ja, Homer, er ist hier auf Ios begraben. In Friedenszeiten seien viele Gelehrte mit Kneifern und Brillen hiergewesen, um das Grab zu sehen.

Am nächsten Morgen hat das Meer die Bläue einer ausgeblichenen Weiberschürze. Unverrückbar steht die byzantinische Kirche am Eingang der Bucht und ähnelt einer in weißen Stein gehauenen Lokomotive. Kostas und ich durchqueren die Stadt Ios, das heißt, wir übersteigen sie, gehen an den verstreut liegenden Ausbauernhöfen vorbei, immer weiter ins Innere der Insel hinein. Kostas strebt einem Talkessel zu. Dort liegen Steintrümmer, die davon reden, daß sie einmal Menschenbehausungen gewesen sind. Es hätte hier früher, ganz früher, eine Stadt gegeben, erklärt Kostas, und wo eine Stadt war, muß es auch einen Friedhof gegeben haben, und wenn wir erst den Friedhof gefunden haben, werden wir sogleich auf das Grab von Homer stoßen.

Ich wachse mich minütlich zu der Berühmtheit aus, die ich sein werde, falls ich nach Deutschland zurückkomme. Ich werde meinen Studienrat für Altertumsgeschichte aufsuchen und werde ihm erzählen, wie ich überwältigt am Grabe Homers stand, zerschmettert von der Wucht des antiken Augenblicks.

Ich habe es immer geahnt, daß Ihnen einmal etwas Großes widerfahren wird, wird der Studienrat sagen und wird mich für etwas Unmögliches halten, so etwa für den Sohn der jungfräulich gebliebenen Therese Neumann, die sich auf Karfreitag mit den Wundmalen des Herrn schmückte und blutige Tränen weinte.

Leider wird mir immer gewisser, daß Kostas nie am Grabe Homers gestanden haben kann. Er zwingt mich durch sein unsicheres Verhalten, plump und direkt danach zu fragen. Wieso soll Kostas am Grabe Homers gestanden haben? Genügt es nicht, wenn er Sekretär in der Mairie ist und wenn ihm die Leute, mit denen er es zu tun hat, immer wieder vom Grabe Homers erzählten und erzählen?

Trotzdem gibt Kostas sich Mühe, will mich nicht enttäuschen, und er sucht bis zum Nachmittag nach dem Grab. Er befragt eine alte, in schwarze Tücher gehüllte Griechin. Die Griechin mißversteht ihn: die Gräber ihrer Verwandten lägen nicht hier, nein!

Ist sie denn eine entfernte Verwandte von Homer?

Kopfschütteln ist die Antwort.

Ein alter Mann, der aussieht, als hätte ihn jemand aus Holz geschnitzt und dann in die Welt gesetzt, erklärt uns, daß schon viele, viele Leute hiergewesen wären, um das Grab Homers zu suchen, aber sie hätten den Einwohnern nie verraten, ob sie es gefunden haben oder nicht.

Schließlich begnügt sich Kostas mit einer Notlösung: Er weist mit ausgestrecktem Arm in die Runde, hier ringsum muß der Platz sein, wo unter anderem Homer begraben läge. Ists denn so wichtig, daß man direkt auf seinem Grabe steht? Ists nicht wichtig zu wissen, daß Homer Ios beehrte, um hier zu sterben und in die Erde zurückzukriechen? Und Kostas wird ganz kühn und erklärt, Homer sei blind gewesen, das sollte ich wohl wissen. Wie hat der alte Mann wissen können, an welcher Stelle er sich zum Sterben hinsetzte?

Na, mäg! Nun setzen wir uns, und wir wissen, wo und weshalb, und wir mahlzeiten von meinem Gerstenfladenbrot und nehmen Oliven, und vom Grabe Homers reden wir nicht mehr.

Den Deutschen geht es schlecht und schlechter. Mangel an Soldaten, Mangel an Besatzungskräften. Die Bewohner von Ios müssen leider ohne deutsche Besatzung auskommen. Eine Woche nach meiner Grabsuche kommt das deutsche Schiff, und sie holen mich. Man kann nicht überall sein, sagt mein Kompanieführer. Seiner Forschheit scheint ein Bein eingeschlafen zu sein. Kostas und ich scheiden als Freunde.

Tage später sitze ich auf Naxos und erfahre, daß sich die Engländer auf Ios festsetzten.

Nicht lange, und wir verlassen auch Naxos und überlassen es den Engländern, und zuvor kriege ich sogar Post aus England: Krause und Müller grüßen mich aus englischer Gefangenschaft. Es gehe ihnen gut, berichten sie, prima Verpflegung, gute Behandlung. Es muß schon recht arg um die Gesundheit der berühmt-berüchtigten deutschen Organisation bestellt sein, wenn diese Mitteilung von Kriegsgefangenen durch die Zensur rutschte. Man hatte es bisher bei der deutschen Heeresleitung nicht gern, wenn sich Gefangene meldeten. Ein guter Deutscher wird nicht gefangen. Entweder er bringt sich selber um, oder der Feind tut es. Die Botschaft von Müller und Krause ruft eine Art edlen Neid in mir auf.

Später befrage ich Leute, von denen ich annehme, sie hätten eine humanistische Bildung in sich, ob sie etwas über Homers Grab wissen. Einige behaupten, Homer wäre auf Ios geboren, und andere behaupten, er wäre auf Ios gestorben. Man hätte sein Grab gefunden, es gäbe Leute, die davor gestanden hätten, und ich wußte nicht, ob ich mich zu diesen Leuten rechnen durfte.

Damit beende ich an jenem Abend in der Gartenhütte unter der Sparte Gruselgeschichten die Geschichte von meinem Aufenthalt auf der Insel Ios. Von unserem sogenannten Hindenburglicht ist nur noch der leere Napf übrig, und die Mädchen fangen wieder an durchzuatmen.

Und jetzt? fragt Fräulein Hanna schließlich, wie denken Sie jetzt über Homers Grab?

In einem Buch, das mir Ihr Herr Vater lieh, las ich, daß es noch eine dritte Sekte gibt, deren Anhänger behaupten, Homer habe nie gelebt.

Und wer hat über Odysseus geschrieben?

Mehrere Leute, ein Kollektiv. Es gibt ja auch eine Gelehrtensekte, deren Mitglieder behaupten, Shakespeare habe nicht gelebt.

Und die Damen in der Hütte befragen mich weiter und stacheln meine Phantasie, und ich werde salomonisch und sage: Kann einem Dichter Schöneres geschehen? Sein Werk ist da, existiert und existiert und zwingt die Menschen zum Nachdenken, macht ihnen Freude und wird benutzt, Gymnasiasten, auch Volksschüler mit ihm zu quälen, Shakespeares Dramen werden von Rowanjemi bis Kapstadt in den Theatern gespielt, erregen und belehren die Zuschauer. Sein Werk ist unter uns wie ein Geist, wie ein Gott, vom Dichter aber weiß man nichts Genaues. Er ist vergangen, herausgestorben aus dem Korallengehäuse seines Werkes, aus dem bunten Korallenriff der Weltliteratur im Meere der Ewigkeit.

Als ich das von mir gegeben habe, bestaune ich mich selber ein bißchen. Ich muß euch nicht versichern, daß das, was ich da sagte, rein theoretisch war, und daß mir praktisch nichts ferner lag als das namenlose Heraussterben aus meinem Werk. Aber das war damals, und jetzt, wo ich das alles aufschreibe, ist es schon anders.

Ich sehe durchs kleine Fenster der Gartenhütte drei Sternschnuppen zugleich am Himmel. Sie sind wie die drei Punkte, die der Literat an Sätze hängt, die er nicht bis zu Ende ausführt, und wenn die drei Punkte in eckigen Klammern stehen, ist dem Literaten vom Zensor empfohlen worden, den Satz nicht bis zum Ende auszuführen.

Ich erreiche damals sogar etwas mit meiner Geschichte vom Grabe Homers. Alle Mädchen, wie sie dort sitzen, sogar die mollige Braune, holen sich die nächsten Tage die *Odyssee* und die *Ilias* hervor und lesen darin. Jetzt mit anderen Augen und anderem Verständnis, sagt Fräulein Hanna. Gewiß eine Wendung, die sie ihrem Herrn Vater abgehört hat.

Und die Sonne steigt morgens, und sie sinkt abends, und an manchen Tagen sehen wir es, und an manchen Tagen sehen wir es nicht, aber es ist Sommer, und deshalb sehen wir es öfter, als wir es nicht sehen. Der Herr Chef, der sich in letzter Zeit viel mit Herrn Ranz beschäftigte, wendet sich wieder mir zu: Herr Ranz ist nicht belesen genug. Herr Höhler sagt es nicht direkt, er deutet es an. Auch durch den Umgang mit Herrn Ranz ist Herr Höhler noch zu keiner Weltanschauung durchgedrungen, unter deren Flagge er künftig sein Studienrats- und Obstbauernleben besegeln kann. Er fragt mich, ob ich, naturwissenschaftlich, die Geister der Spiritisten für möglich halte, und ich sage ihm, daß ich Geister für möglich halte, daß ich überhaupt alles für möglich halte. Alles, was denkbar ist, gibt es auch, sage ich ihm, obwohl ich es nicht genau weiß. Die Geister der Spiritisten und die höheren Welten vom Rudolf Steiner sind Teilchen der großen, großen Wirklichkeit. Jedes Teilchen für sich allein bestaunt und betrieben, bewundert und beglaubt, ist Sektiererei.

Dieser Hinweis seines Gartenhilfsarbeiters scheint Herrn Höhler zu beglücken. Es fährt Gebefreudigkeit in ihn. Er überläßt mir eines seiner Beete mit kniehohen Tabakspflanzen zur freien Verfügung. Ich bin sehr rauchhungrig und rauchte bis dahin ein Gemisch aus vorjährigen Sauerkirsch- und Nußbaumblättern, deshalb fühle ich mich von Herrn Höhler sehr beschenkt. Es ist mir unmöglich zu warten, bis die unteren Blätter meiner Tabakpflanzen gilben und reifen. Ich lege einige auf ein kleines Kuchenblech und röste sie auf meinem Kanonenofen in der Hütte und mische sie unter mein Ersatztabakgemisch. Ich stopfe mir eine Pfeife damit, zünde die Pfeife an und inhaliere: Endlich wieder Rauch mit Widerhaken, mit den Widerhaken des Nikotins! Ich weiß wieder, daß ich Luftröhre und Bronchien habe, und wenn ich den Qualm einatme und wieder ausstoße, quellen mir die Augen ein wenig aus dem Kopf.

Es geht übrigens nicht lange gut mit dem Rauchen dieses Gebräus aus vorjährigen Baum- und unreifen Tabakblättern. Ich weiß nicht, was das meinen Magen angeht, aber er brummt vor Schmerzen, und ich muß mich zuweilen mitten in der Arbeit langlegen, lang machen.

Herr Höhler schickt mich zum Arzt, und ich gehe in die Stadt, und ich trage die Louis-Trenker-Hose und meine Militärstiefel, kurzum, die Kleidung aus meinem Gebirgsjägerrucksack und dazu ein grünes Hütchen, das ich auf der Straße fand. Fräulein Hanna behauptet, ich wäre manierlich gekleidet, aber ich glaube es ihr nicht. Sie ist nicht zurechnungsfähig in ihrer kleinen Verliebtheit.

Der Arzt stellt eine Magenverätzung fest und verordnet mir irgend etwas mit Magnesium, verordnet mir Nichtrauchen, verordnet mir, mich nicht mehr wissentlich mit Gas zu vergiften.

Ich gehe in die Innenstadt zur Apotheke und sehe, daß dort ein Gerücht dabei ist, sich zu bestätigen: Die Russen ziehen in Grottenstadt ein. Die Amerikaner sind verschwunden. Sie haben sich lautlos westwärts zurückgezogen, und ich habe es nicht bemerkt, und niemand hat mir davon erzählt.

Die Russen kommen auf bäuerlichen Pferdewagen. Die Wagen sind mit behelfsmäßigen Planen überdacht, und manche sind mit Heu oder Stroh beladen. Die Soldaten sind zerlumpt, manche haben keine Stiefel, aber ihre Maschinenpistolen blitzen, und aus manchen Heufudern ragt hinten die Mündung eines Maschinengewehrs. Mich geht das nichts an. Ich ziehe keine Vergleiche. Ich bin nicht hier gewesen, als die Amerikaner einzogen, aber die Grottenstädter scheinen entsetzt zu sein. Ich höre, wie einer sagt: Und die wollen uns jetzt beherrschen? Und ich höre einen anderen sagen: Halt die Schnauze, Alter! Auch Frauen stehen am Marktplatz, und manche von ihnen weinen.

Die Kolonnaden, dem Rathaus gegenüber, sind verstopft von Zuschauern. Ich muß mir meinen Weg zur Apotheke erzwingen. Diese Kolonnaden, ja. Hier traf ich sie zum ersten Mal mit einem anderen. Es war so, daß ich in der Fabrik die Mitternachtsschicht tauschen mußte, und es war so, daß ich nachmittags heimkam, und ich traf sie hier unter den Kolonnaden. Sie hatte diesen Herrn bei sich, diesen Empfangschef des größten Textilgeschäftes der Stadt, und sie schleckten beide Eis aus Waffeltüten – sie und der Herr Empfangschef. Ich weiß noch, daß es wie eine Art Lust über mich kam zu erproben, ob sie mich sehen würden, wenn ich seitlich an ihnen vorbeigehe. Sie sahen mich nicht. Und als ich auf gleicher Höhe mit ihnen war, kreuzten sie ihre Arme wie beim Bruderschaftskuß, und sie leckte von seiner und er von ihrer Eiswaffeltüte, und ich wußte, wie weit sie miteinander waren.

Laß ab! sagts in mir, das alles ist gewesen, das alles ist Geschichte. Ich wende mich wieder dem Einzug der Russen zu und mustere die abgeschundenen Pferde. Es sind Koniks, kleine eifrige Koniks. Die Seitenbretter der Wägen, die Deichseln, die Ortscheite – alles mutet so heimatlich an, und es wird mir zum ersten Male in meinem Leben bewußt, daß ich aus Ostdeutschland bin, und damit treffe ich, wie sich später herausstellt, das Richtige.

Einige der Frauen am Rande des Marktplatzes weinen vielleicht um ihre Männer, die noch nicht daheim sind, und andere weinen vielleicht um die amerikanischen Ersatz-Männer, die ihnen verlorengingen, um diese wohlgenährten Lümmel mit hohen Schnürschuhen, um diese Kerle von kindlicher Wesens-Art, um deren Schokolade und deren *Camel*zigaretten.

Für eine gut gebaute Geschichte würde es sich gehören, daß auch meine Frau oder jene, die es einmal war, am Rande des Marktplatzes steht, um ihrem Farmerssohn aus Ottawa nachzuweinen. In einem anständigen Film hätte diese Szene nicht fehlen dürfen. Aber ich baue nicht, und ich filme nicht, denn je älter ich werde, desto mehr lerne ich die Wirklichkeit schätzen, und es ist die Wirklichkeit, von der ich schreibe, und ich sag es noch einmal: die Mutter meiner Söhne war nicht unter den Weinenden.

Ich hole mir das Magnesiumpräparat aus der Apotheke. Es drängt mich, rasch einmal bei den Kaplans reinzusehen. Sie sind nicht daheim. Ihre Wohnung ist unverschlossen. Ich erfahre von der Nachbarin, daß sie mit den Amerikanern zusammen fortzogen. Die seie westwarts, sagt die Nachbarin. Alberts Rollertauben lungern hungrig auf den Nachbardächern umher. Alberts Furcht vor den Russen war stärker als seine Liebe zu den Tauben.

Wir hingegen gewöhnen uns an die Russen. Wir kriegen gesagt, daß sie unsere Befreier sind. Mir braucht man es nicht zu sagen. Mich haben sie von den Amerikanern befreit, von jenen Leuten, die in der Wohnung meiner ehemaligen Frau ein und aus gingen. Leider erwarte ich von dieser Frau noch immer eine Liebesnacht, eine Abfallnacht. Die Gründe, die dafür zuständig sein könnten, versuchte ich euch bereits zu erklären.

Zwei Kilometer vom Obstgut entfernt, an der Straße, stehen die Kasernen. In den Reithallen standen vor dem Kriege Remonten, junge Offizierspferde, und ich war dort Veterinärgehilfe und ritt Tag für Tag junge Pferde zu. Ich war vom Arbeitsamt dort hingeschickt worden. Aber das ist wieder eine Geschichte für sich, die ich erzählen werde, wenn die Gelegenheit günstig und wenn sie an der Reihe ist.

In den Kasernen an der Straße liegen jetzt die Sowjetsoldaten. Sie sind sehr lebendig, besonders des Nachts. Sie singen die halbe Nacht lang, und manchmal, meine ich, exerzieren sie auch nachts. Manchmal kommen kleine Trupps am hellen Nachmittag herüber zu uns aufs Obstgut und pflücken sich die Taschen voll Äpfel. Wenn ich hohlwangig und rauchhungrig vorüberkomme, geben sie mir Rubelscheine, ein Päckchen Machorka oder starke russische Zigaretten. Sie meinen wohl, daß ich der Besitzer des Gartens bin und über die Äpfel verfüge. Ich kann den Irrtum nicht aufklären, und die Zigaretten, die sie mir anbieten, nehme ich gern, denn sobald sich mein Magen beruhigt hat, werde ich wieder rauchen, das weiß ich.

Für die Arbeit im Garten ist mir das grüne zugeflogene Hütchen, das ich auf der Straße fand, zu schade. Ich trage dort meine verwelkte Gebirgsjägermütze, von der ich die Embleme abtrennte. Eines Tages reißt mir ein Sowjetsoldat die Mütze vom Kopf, und er wirft sie auf einen Misthaufen und trampelt drauf herum. Ich weiß, was er meint, und ich kann es ihm nicht verdenken. Ich protestiere nicht, und wir kommen gut miteinander aus.

Weshalb gilt es als feindlich, wenn wir Russen sagen? fragt mich Studienrat Höhler. Weshalb sollen wir Sowjetsoldaten sagen? Dann haben wir ja auch die Amerikaner falsch tituliert, und wir hätten United-Soldaten sagen müssen.

Es erschien mir logisch, was er sagte, aber ich konnte ihm nicht antworten. Wer kann Antilogik mit Erklärungen beikommen? Ich war nicht allwissend, bins immer noch nicht.

Ich schreibe das hier so nieder, wie ich es damals empfand, es gibt keinen Grund, dies und das zu beschönigen oder aufzuhübschen: Man kann das, was die Soldaten bei uns im Garten tun, stehlen, man kann es auch besänftigend mausen nennen, je nach Einstellung. Wenn es die Deutschen in fremden Ländern taten, verharmlosten sie Mausen und Räubern und nannten es Organisieren. Ich treffe noch heute Leute, die sich rühmen, damals gute Organisierer gewesen zu sein.

Eines Tages fällt wieder ein Trupp Soldaten in den Garten ein. Sie klettern auf die Bäume und wirtschaften in den Apfelbaumkronen, daß die Äste rauschen und rascheln wie bei Windstärke sieben.

Ich bin beim Umgraben eines Beetes, und es fallen unreife Äpfel auf mich herunter, und ich bin ohne Mütze, ich habe sie versteckt, um die Soldaten nicht zu reizen. Es fallen Äpfel auf meine empfindliche Glatze, und mein Jähzorn springt auf, und ich recke mich empört, und ich belle los. Ich bin auf einmal ein guter Deutscher, der sich empört, weil Ausländer das in seinem Lande tun, was die Deutschen im Ausland taten, und siehe, die Russen springen von den Bäumen. Es ist jedoch nicht der Erfolg meiner Schimpferei, wie ich sogleich feststelle, es ist der Erfolg des Herrn Ranz, der den Gartenweg herunter kommt. Er geht sehr langsam, sehr feierlich, und er hat nicht nur die gestreifte Jacke, sondern auch die gestreifte Hose seiner Lagerkleidung an. Als Kopfbedeckung trägt er das Oberteil eines schwarzen Hutes, das er sich zurechtgeschnitten hat. Der Hutteil ähnelt der Kamilawka eines griechischen Priesters und erzeugt die übergroße Feierlichkeit, die von Herrn Ranz ausgeht.

Die Soldaten gehen Herrn Ranz entgegen. Ihr Anführer legt sich seine Hand mit gespreizten Fingern quer über die Augen und fragt damit Herrn Ranz in internationaler Zeichensprache, ob er es mit einem politischen Häftling zu tun hat, und er tut sehr ehrfürchtig. Ranz bestätigt, daß er ein Häftling war, und ob es was bedeutet oder nicht, er hält seine Hand nicht quer, sondern senkrecht vors Gesicht und schaut so durch die gespreizten Finger. Einige Soldaten entleeren daraufhin ihre Taschen und werfen die grünen Äpfel aufs Grabeland, andere wiederum fühlen sich nicht verpflichtet, das mundgeraubte Obst zurückzugeben. Gehet hin und eßt in Frieden, sagt ihnen Herr Ranz, aber da es keine internationale Geste für den Begriff oder das Wort Frieden gibt, wissen die Soldaten nicht, woran sie sind. Sie gehen davon, und es ist wieder Ruhe im Garten.

Herr Ranz geht jetzt mehrmals am Tage am Zaun entlang und umgeht den ganzen Obstgarten. Er erhebt diese Gänge sozusagen zu seiner Funktion. Gefreut ihn die Macht, die er mit seinem Dasein auf die Russen ausübt? Will er Fräulein Hanna imponieren, an der er sich die letzten Tage mit sanften Worten zu schaffen macht? Man ist auf Vermutungen angewiesen, wenn einem einer nicht direkt sagt, weshalb er etwas tut oder unterläßt.

An mondlosen Abenden wird die Wirkung des Herrn Ranz als Wächter außer Kraft gesetzt. Die mundraubenden Soldaten erkennen seine Gestreiftheit nicht, deshalb verzichtet er auf seine Rundgänge und geht meist schon in der Dämmerung davon. Er geht hinunter in die Stadt und kommt spät zurück, obwohl den deutschen Zivilisten eine Sperrstunde auferlegt ist. Ranz erzählt, daß er sich in der Stadt mit anderen Männern, mit Antifaschisten, trifft, und er nennt sich jetzt *Mann der ersten Stunde*. Mich bedenkt er seit jenem Vorfall mit dem klackenden Karrenrad im Himbeerquartier noch immer mit schrägen Blicken.

Eines Tages werde ich auf die Kommandantur in der Stadt beordert. Bevor ich hingehe, fragt mich Frau Höhler: Wollen Sie nicht doch lieber? Sie weist mit der Hand in die Ferne. Ich soll lieber über die Berge, meint sie. Aber weshalb soll ich über die Berge?

Auf der Kommandantur fragt man mich, ob ich die Verordnung nicht gelesen hätte.

Welche Verordnung, bitte? frage ich höflich.

Von einem jungen Offizier, von dem ich heute meine, daß er ein Kaukasier war, wird mir barsch mitgeteilt, daß es sich um eine Verordnung handelt, in der es heißt, daß keinerlei unerlaubte Zusammenkünfte stattfinden dürfen. Weshalb ich dabei bliebe, jungen Mädchen die englische Sprache beizubringen, fragt er mich.

Ich erkläre, daß ich schon seit einiger Zeit jungen Mädchen die englische Sprache nicht mehr beibringe.

Ja, was wir denn da so machen, wenn wir uns nichts beibringen? Ich fürchte, daß ich den jungen Offizier reizen werde, wenn ich ihm sage, daß wir uns Gruselgeschichten oder einfach Geschichten erzählen, und ich beantworte die Frage nicht.

Ich soll die Namen der jungen Mädchen angeben, die mich in meiner Gartenhütte besuchen.

Ich gebe die Namen der Mädchen nicht an. Ich schreibe das wieder so nieder, wie ich es damals empfand. Ich habe dies und das über Russen und junge Mädchen gehört.

Der junge Offizier befiehlt, und man sperrt mich in den Keller der Kommandantur. Ich verbringe dort zwei Tage und zwei Nächte, kriege Schwarzbrot zu essen und Wasser zu trinken und warte auf weitere Vernehmungen. Es geschieht nichts. In der zweiten Nacht holt man mich aus dem Keller. Ich bin frei. In der Kommandantur sitzt Herr Ranz. Er hat mich befreit. Ich bedanke mich bei ihm, obwohl es richtiger wäre, mich bei Fräulein Hanna und bei ihrer Frau Mutter zu bedanken.

Herr Ranz hat mich vor Sibirien bewahrt, heißt es. Es wird in jener Zeit viel von Sibirien gesprochen, und die lieben Deutschen drohen einander: Du, wenn ich das melde, ist dir Sibirien sicher! Ich kann Herrn Ranz für seine Guttat nicht belohnen, ich habe nichts, ich kann ihn höchstens mit einer Verehrung belohnen, aber das fällt mir merkwürdigerweise schwer.

Die Mutter meiner Söhne scheint aufgehört zu haben, sich zu einer Amerikanerin umzuarbeiten. Vorbei mit den amerikanischen Zeiten, vorbei mit der amerikanischen Sprache! Es steht nicht in der Zeitung, es wird nirgendwo verlautbart, aber die englische Sprache wird zur Sprache von Agenten heruntergestuft. Für die Mutter meiner Söhne bin ich wieder ein Mensch, mit dem man dies und das besprechen kann. Unser jüngster Sohn ist nach einer Art Pseudotyphus entkräftet. Er braucht Milch, er braucht Butter, braucht Fett. Die Frau, die sich einmal meine Frau nannte, kann *hinten herum* etwas kaufen, aber dazu braucht sie Geld, mehr Geld, als ich ihr bisher gegeben habe. Ich gebe ihr den größten

Teil meines Arbeitslohnes, doch mein Arbeitslohn ist nicht dick.

Es gibt noch mehr Begünstigte in dieser Zeit als Herrn Ranz, der sich seine Begünstigung durch das, was er im Lager erlitt, verdient hat. Nein, es gibt schon wieder Leute, die sich selber begünstigen. Zu ihnen gehört der Pächter der Schankwirtschaft auf dem Obstgut. Ein *Schieber*, sagt mir Herr Höhler hinter vorgehaltener Hand. Der Pächter kauft Gegenstände aus Edelmetall auf, auch Uhren, selbst alte Wecker. Er fragt auch mich, ob ich nichts *in dieser Richtung* zu verkaufen hätte. Uri, Uri, sagt er und glaubt, besonders witzig zu sein, wenn er das Wort so ausspricht, wie es die Russen aussprechen. Er zieht ein Bündel Geldscheine aus der Tasche und deutet an, daß er sofort bar bezahlt. Es fällt mir ein, daß ich einiges Geld nötig habe, und es fällt mir mein Ehering ein. Was soll er mir noch?

Ich trage ihn in meiner Geldbörse aus altersschwachem Leder in der Gesäßtasche umher.

Leider läßt er sich nicht so leicht weggeben, wie ich gern möchte, dieser Ring. Ich muß mich durch allerlei Erwägungen ermuntern, ihn davonzustoßen: Wozu tragen die Menschen überhaupt Ringe? Sind sie der Ausdruck einer Sitte oder Unsitte? Trug man bereits beim Volke, das uns heute als die Mumier bekannt ist, Ringe? Trugen die noch Früheren, die Insassen von Hockergräbern, schon Ringe? Es ist immer gut, wenn man ungewöhnliche Taten, die man vorhat, bis in ihre letzten Winkel mit Hilfe der Wissenschaft ausleuchtet: Die Sitten welcher Völker ahmte ich nach, als ich mir den Ehering aufschwatzen ließ? Habe ich nicht gar die Sitten der Sumerer nachgeahmt? Ich bitte Herrn Studienrat Höhler um ein Buch, mit dem ich mir in dieser Hinsicht ein Licht aufstecken kann. Der Studienrat überlegt ein Zeitchen, hält den Kopf schief und läßt mich seine naive, seine sympathische Seite sehen. In einem Lehrbuch für Obstanbauer, sagt er, wird dies und das über die Herkunft des Kern-Obstes verlautet, und er folgere daraus, daß in einem Lehrbuch für Goldschmiede dies und das über die Herkunft von Fingerschmuck verlautbart werden müßte. Leider gibt es in seiner Bibliothek ein solches Buch nicht. Vielleicht kann er mir aber eines beschaffen.

Ich muß mir zunächst mein eigenes Lied über die Verwendungsgründe von Fingerringen machen. Das ist gewiß von Nutzen für einen Mann, der sich in die Schriftstellerbranche hineingestürzt hat. Wie jung war ich damals, wie treuherzig, wie ohne zu ahnen, daß mich später gewisse Literaturwissenschaftler tadeln und verächtlich einen *Selbstdenker* nennen werden. Wie sehr traute ich mir damals noch zu, selber etwas zu sehen und zu entdecken, ohne mich zu *konsultieren*, wie es heute genannt wird. Erst gestern hörte ich wieder eine Verkäuferin im Haushaltswarengeschäft sagen, sie müsse sich erst mit ihrem Chef hinten im Büro konsultieren, ob Sitzbadewannen am Lager seien, oder ob sie es nicht sein dürften.

Ich kriege damals durch eigene Beobachtungen zu wissen, daß bestimmte Leute Fingerschmuck tragen, um auf ihren Reichtum hinzuweisen, oder um sich, für andere Leute, die sie anborgen wollen, als kreditwürdig auszuweisen. Für andere wieder sind Fingerringe eine umhertragbare goldene Habe, die sich jederzeit in Geld verwandeln läßt. Noch andere tragen Fingerschmuck, um auf die Schönheit ihrer Hände hinzuweisen, während andere wiederum breite goldene Ringe tragen, um die Häßlichkeit ihrer Hände zu verdecken, und abgestandene Jungfern wollen mit ihren zehn bis fünfzehn Ringen zum Ausdruck bringen: Wer meine Hand nimmt, erntet mich und Geld und Gut. Geistliche tragen Ringe, um bekanntzugeben, wieviel Zoll Geistlichkeit in ihnen steckt, und sie haben diese Bekanntgabe so nötig, daß sie die Ringe sogar über den Handschuhen tragen.

Und daß ichs nicht vergesse: Es gibt Menschen, die tragen Ringe, um den Siegellack zu petschieren, falls sie Briefe zu versiegeln haben, und Leute bestimmter Bünde, zum Beispiel die Freimaurer, tragen Ringe, um sich einander kenntlich zu machen. Ach, und dann die Ringe, die Untertanen von ihren Herrschern verliehen werden. Ringe, die Unwürdige würdiger machen sollen, und schließlich Ringe, die anzeigen, daß Mann und Weib miteinander vermählt sind. In diesem Falle sind Ringe so etwas wie Personalausweise, denn in dem Ring des Mannes ist der Name seiner Frau und in dem der Frau ist der Name ihres Mannes eingraviert, und wenn man einen Mann bei der Untreue erwischt, braucht man ihm nur den Ring vom Finger zu ziehen und den Namen zu lesen, der drinsteht, und die Frau, mit der es der Mann trieb, befragen, wie sie heißt, und wenn sie nicht so heißt, wie in dem Ring des Mannes geschrieben steht, na, ihr wißt schon.

Übrigens kann man mich nicht zu den unbedingten

Fingerringgegnern zählen, denn es hat in meinem Leben drei Ringe gegeben. Von dem ersten Ring habe ich euch schon erzählt. Ich erhielt ihn von einem Mädchen in einer Landschaft, die in meiner Heimatstadt Parma genannt wurde. Es war ein Ring aus rostigem Eisen, und das Mädchen erschien mir überaus schön, und wenn ich jetzt auf den Ring zu reden komme, den sie mir gab, erscheint sie mir als ein Märchenmädchen, glatt und jung, wie sie war, und völlig unangetastet vom Leben.

Auch vom zweiten Ring, der mir zulief, habe ich schon ein wenig erzählt. Es war der Ehering meiner Großmutter väterlicherseits, die wir die *Amerikanische* nannten. Ich erinnere euch rasch an die Merkwürdigkeit, daß sie den Ring benutzte, um uns Kindern zu demonstrieren, wie zierlich ihre Hände, besonders ihr Ringfinger, damals waren, als sie mit fünfzehn Jahren meinen Großvater Joseph heiratete. Ich weiß nicht, welche Sucht die Amerikanische trieb, und ob es wirklich Güte war, als sie mir diesen Ring zur Konfirmation schenkte. Sie hatte ihn ein wenig verändern lassen. Ein Goldschmied in der Stadt Grodk hatte die Oberfläche des Ringes an einer Stelle sternförmig aufgerauht und hatte in diesen rauhen Stern einen stecknadelkopfgroßen Stein eingelassen. Das Steinchen war rot, aber gewiß kein Rubin.

Ich trug den Ring am kleinen Finger meiner rechten Hand, denn für meinen Ringfinger war er nicht zu verwenden. Auf der Innenseite des Ringes war der Name meines Großvaters *Franz Joseph Matt* eingraviert, und ich war stolz darauf, den Namen eines Mannes am kleinen Finger zu tragen, der den Mut hatte, sich zu erschießen, weil man ihm die Frau nicht gönnte, die er mochte.

Die geliebteste Gefährtin meines Lebens, eine große Benennerin, hat mich, wie ich schon andeutete, einen *niederschlesischen Neurotiker* genannt. Ein niederschlesischer Neurotiker war ich auch damals schon, und ich fürchtete die ganze Zeit, der kleine rubinrote Stein könnte aus der zu einem Stern aufgekratzten Ringoberfläche fallen, und dieser Umstand trug mir die lästige Gewohnheit ein, tagsüber hundertmal und mehr nach dem Ring am kleinen Finger zu sehen und festzustellen, ob sich das rote Steinchen noch in seinem goldenen Sternchen aufhielt. Was aber eines Tages verlorenging, war nicht der Stein, sondern der ganze Ring: Ich schnitt mit dem Großvater auf dem sogenannten Schüttboden Häcksel für unsere Pferde, und ich war es, der das Stroh in die Rinne der Maschine legte, und als ich zwischendrein einmal nach dem roten Steinchen und dem goldenen Sternchen sah, war der Ring verschwunden. Der Großvater sagte, weil es ein Ring war, den mir die Amerikanische geschenkt hatte, die für ihn so etwas wie ein Gespenst aus einer anderen Welt war: Da hast du nun dein Paschtschuli! Er verabscheute alles, was für modern ausgegeben wurde, und nannte es *Paschtschuli*, und das war der etwas entweiht ausgesprochene Name eines Parfums, das damals, oder noch früher, häufig benutzt wurde.

Trotz Paschtschuli siebte Großvater allen Häcksel, den wir geschnitten hatten, durch und erntete dabei das Eheringlein der Amerikanischen zurück, und es zeigte sich, daß eines der Häckselmesser den Ring erwischt und ihm ein Stück vom Rand abgeschnitten hatte. Großvater fing wieder an zu seihen und zu sieben, und er, der nie in seinem Leben einen Ring getragen hatte, schien das vom Ring abgetrennte Stückchen Gold für wertvoller zu halten als den Ring selber.

Ich weiß nicht mehr, ob Großvater den abgeschnittenen Ringrand fand. Ich weiß nicht mehr, wo dieser Ring überhaupt geblieben ist. Es könnte sein, daß ich ihn einmal als Bäckerlehrling abzusetzen vergaß, bevor ich Brotteig knetete, und es ist mir der Gedanke lieb, er wäre in einem Brot eingebacken an den Rechten gekommen. Jedenfalls weiß ich nicht, wo der Ring blieb. Es gibt Dinge, die zu behalten sich unser Hirn wehrt, indem es sie fallenläßt, um sie den Sternen zu überlassen, die sie je nach Reihen von Lichtjahren willig empfangen, und eben, ich weiß nicht, wo dieser Ring blieb.

Und der dritte Ring, den ich jetzt verkaufen will, wurde mir in Kleinarbeit zugeredet, als ich mich mit jener Frau verlobte, die vielleicht noch leise hofft, daß ein gewisser Amerikaner zurückkommt, um sie überseeisch zu machen.

Als unsere Verlobung passieren sollte, hatte ich, wie immer, wenig Geld. Ich arbeitete damals in einem Tierpark und dressierte nebenher Waschbären und Affen für den Chef, einen blauroten Alkoholiker, und ich hatte dort die Möglichkeit, mir nach Feierabend etwas zuzuverdienen, und ich richtete Hunde von Kaufleuten ab, machte sie leineführig und schutzhundfähig. Das Honorar für die Hundeabrichtung verwandelte ich unter dem Druck raunender Koseworte in Verlobungsringe. Jetzt sind diese Ringe, wie gesagt, überflüssig geworden, und Gott weiß, wo der ihrige blieb. Ich sehe ihn nicht an ihrer kleinen Hand, jener Hand mit dem etwas gebogenen brutalen Kleinfinger, der mir seither nachgeht, denn wo ich ihn an der Hand einer Frau entdecke, weiß ich, daß ich es mit einer zu tun habe, die den quält, der sich in sie verliebt.

An den Händen jener Frau, die mich quälte, sitzen jetzt mehrere Ringe, und einer ist mit einem Stein ausgestattet, der aussieht wie eine Brombeere, nicht so schwarz, aber so groß. Und ihren Ehering? Vielleicht hat ihn ein Amerikaner fortgeworfen, dieses deutsche Unding. Mir soll es gleich sein, denn jetzt verkaufe ich meinen Ring, den Partner ihres Eheringes, aber bevor ich ihn verkaufe, lasse ich ihren Namen herauskratzen. Ich bin so gut wie gar nicht abergläubisch, aber es kommt mir wenig entgegen, das Gefühl haben zu müssen, ich hätte nicht nur den Ring, sondern auch sie verkauft.

Der Ring bringt mir eine Menge Geld. Geld ist billig in jener Zeit, und Gold ist teuer. Ich gebe alles Geld jener halb überseeischen Frau, damit sie unseren kranken Sohn wieder aufkräftigt, und ich behalte keinen stumpfen Pfennig von diesem Gelde, es ist für mich so etwas wie Judasgeld.

Die Frau ist überwältigt von dem vielen Geld. Sie fällt mir um den Hals und küßt mich, obwohl ich kein Amerikaner bin. Es ist möglich, daß ich in diesem Augenblick von ihr haben kann, wovon ich phantasiere, seit ich nach Grottenstadt zurückkam und sie wiedersah, aber ich will das nicht für Geld haben und schon gar nicht für ein Geld, das ich mir aus einem Gegenstand schlug, der etwas mit unserer ehemaligen Ehe zu tun hat.

Herr Ranz ist die letzte Zeit recht umgänglich. Er besucht mich sogar in der Dämmerung in meiner Gartenhütte, und er findet mich dort mit Fräulein Hanna. Wir haben unsere Gewohnheit nicht aufgegeben, uns in den Abend hineinzuplaudern. Wir verhandeln darüber, ob es einen Gott gibt oder nicht, und wir erwägen, ob die Existenz des Menschen für die Erde erforderlich ist oder nicht, und wir kommen zu dem Schluß, daß die Erde den Menschen nicht braucht, denn wenn sie ihn bräuchte, wäre dem der Trieb nicht eingelagert, in großangelegten Feldzügen seine Mitmenschen zu vernichten oder sich von seinen Mitmenschen vernichten zu lassen. Von so etwas zu reden, sagt Fräulein Hanna mit leuchtenden Augen, heißt Philosophie, ich weiß es von meinem Papa.

Lassen Sie sich nicht stören, sagt Herr Ranz, ich höre gern zu, aber uns ists unmöglich, in seiner Anwesenheit darüber zu reden, wie die Menschen einander vernichten. Er kommt aus einer Anstalt, in der das fabrikmäßig betrieben wurde. Er hat es uns erzählt, und er hat uns darüber aufgeklärt, er war in der Hölle, und es kommt uns nicht zu, hier über diesen Ort und über die Bösartigkeit der Menschen dilettantisch zu philosophieren.

Herr Ranz fragt nach den anderen Mädchen, nach der molligen Braunen etwa, und wann und ob die wiederkäme.

Die mollige Braune käme nur noch zur Gartenarbeit, erklärt Fräulein Hanna. Wir werden uns nicht ein zweites Mal verdächtigen lassen, einen Zirkel zu betreiben.

Ich danke Herrn Ranz nochmals und wieder für die Tatsache, daß er mich vor einer schlimmen Zukunft bewahrte, und ich bemerke wieder diesen schrägschlitzigen Blick an ihm wie damals, als ihn das Klacken meines Karrenrades bei seiner Erzählung über Rudolf Heß störte.

Herr Ranz will wissen, wie spät es ist. Ich ziehe das Schubfach der alten Kommode auf, in dem meine Taschenuhr liegt. Es ist neun Uhr vorbei.

Die Taschenuhr im Kommodenschubfach? Liegt sie immer dort? fragt Herr Ranz. Laufen Sie immer hierher, wenn Sie die Zeit wissen wollen?

Ich erkläre Herrn Ranz, daß es sich um eine wertvolle Uhr handelt, um die Uhr, die mir mein Großvater mütterlicherseits zur Konfirmation schenkte, mein Großvater, der hoffentlich noch lebt. Er pflegte teure Dinge billig auf Nachlaßauktionen zu kaufen, und er kaufte auch jene Uhr auf einer Auktion, und ich halte die Uhr heilig. Sie war mit mir unterwegs all die Wanderjahre, und sie war mit mir im Krieg, die schöne alte Uhr. Ich habe sie nicht verunstalten lassen, als die Vierundzwanzig-Stunden-Zeit eingeführt wurde, als sich jedermann die fehlenden Zahlen von dreizehn bis vierundzwanzig in roter Farbe auf das Zifferblatt seiner Uhr klatschen ließ.

Merkwürdig, sagt Fräulein Hanna, Vierundzwanzig-Stunden-Zeit, aber bis heute sagt kein Liebender zur Geliebten: Ich warte dein um zwanzig Uhr dreißig.

Wir kommen auf das Beharrungsvermögen der Menschen zu sprechen, und daß man dieses Vermögen im politischen Leben reaktionär nennt, und wir fangen wieder an zu philosophieren, aber das ist nichts für Herrn Ranz. Er verläßt uns, nicht ohne Fräulein Hanna zu bitten, auch einmal eine Dämmerung auf seiner Hütte zu verbringen. Er lädt Fräulein Hanna ein, und mich lädt er nicht ein.

Ich weiß nicht, ob Fräulein Hanna Herrn Ranz besucht und ein bis zwei Dämmerungen mit ihm verbringt. Ich kann mich nicht um alles kümmern. Besonders jetzt nicht. Es ist ein Brief von meiner Mutter angekommen: Wir leben noch, lebst auch du noch? Das Leben ist schwer, aber die Hauptsache ist, wir leben. Und wenn du noch leben solltest, wird mein Leben schon wieder etwas leichter sein, schreibt die Mutter. Leben, leben, leben!

Der Brief ist unverschlossen, damit die Leute von der Zensur nicht soviel Zeit vermantschen müssen, wie die entsprechenden Leute heute. Die Zensoren müssen damals die Briefe nicht erst über Wasserdampf halten, öffnen und lesen und wieder schließen und so schließen, daß der Briefempfänger nicht merkt, sein Brief ist nicht mehr jungfräulich.

Meinen Brief hat zum Beispiel auch jene Frau gelesen, die dabei ist, das Geld für einen gewissen Ring unter die Leute zu bringen, denn meine Mutter hat den Brief an jene Adresse gerichtet, die mir nicht mehr gehört, und deshalb hat ihn auch die Frau gelesen, die mir nicht mehr gehört. Immerhin ist sie so freundlich, mir den Brief zuzustellen. Die Jungen bringen ihn mir am Nachmittag aufs Obstgut, und ich kann sehen, daß sich der Kleine schon wieder gekräftigt hat.

Wir haben jetzt hier den Russen und ihr dort den Amerikaner, schreibt die Mutter. Es ist uns nichts geschehen vom Russen. Wir haben deinen Ratschlag befolgt und sind nicht auf die Flucht gegangen. Papa war schon nahe dran zu flüchten, aber ich habe mich gesträubt und bin für eine Weile tot geworden, wie es mir früher oft ergangen ist, und wir sind geblieben. Sie haben jetzt hier das Land von den Wendlandschen Gütern verteilt. Jeder, der haben wollte, hat gekriegt. Es ist noch etwas Rest. Es wäre hübsch, wenn du herkämst und auch etwas nähmst, wenn du noch leben solltest. Außerdem hat Papa keinen Gesellen und muß sich schinden und schinden, soviel Brot muß er backen, und für die Russen muß er auch backen, und er bäckt und bäckt.

Der letzte Teil des Mutterbriefes geht stark in mir um. Ich bin immer landhungrig gewesen. In beiden meiner unzulänglichen Romanversuche kehren die Helden in ihre Heimatdörfer zurück und siedeln sich dort an. Die Bemerkungen meiner Mutter über die Landverteilung machen meinen Landhunger frisch. In Grottenstadt und auf dem Obstgut ist noch nichts von Landverteilung zu bemerken, obwohl die Russen nun auch hier sind. Ich versuche mir vorzustellen, was jene Leute daheim empfinden mögen, die plötzlich Land erhalten haben, auf das sie ein Leben lang hingierten. Ich erfinde eine Figur, einen Mann, den ich mit meinen Empfindungen ausstatte, und nenne ihn *Lope Kleinermann.* Ich fange an, über ihn zu schreiben, und lasse ihn auf dem Papier lebendig werden. Ich beschreibe, wie er da umhergeht und sich daran gewöhnt, daß ihm nun zwanzig Morgen Erde gehören. Zwanzig Morgen Land kriegt jeder, der mag, schreibt die Mutter. Mein Lope Kleinermann muß sich erst dran gewöhnen, daß ihm nun ein Stück von dieser großen Erde gehört und daß er verantwortlich für dieses Stück ist. Ich machs mir nicht allzu einfach, nicht nur, daß ich das alles aufschreibe, ich lasse es auch meinen Helden aufschreiben, in ein altes Kontobuch hineinschreiben, das er zwischen Kriegsmüll gefunden hat.

Noch ehe ich etwas von der Aktion, die man später die Bodenreform nennen wird, gesehen habe, schreibe ich über sie. Es ist eine durable Erzählung. Erst im vorigen Jahr las ich sie wieder einmal auf einer Bühne vor, und sie erhielt ihren Beifall wie eh und je, weil ich nicht nur über die Technik der Landverteilung schrieb, die heute kaum noch jemand aufhorchen machen würde, sondern über die Gefühle eines Menschen, der Teilbesitzer des Erdballs geworden ist.

Eines Tages schicke ich die Geschichte an die Redaktion einer Tageszeitung nach Weimar: Sehr geehrter Herr Chefredakteur, darf ich mir erlauben undsoweiter? Ich verfasse den Brief nach einem der Ratschläge meiner Mutter: Höflichkeit macht uff die Leite Eindruck. Ich schließe den Brief gerade nicht mit *untertänigst*, wie es meine Mutter tat, wenn sie ans Finanzamt schrieb, aber meine Haltung im Brief ist ein bißchen so, obwohl sonst kaum eine Spur von Untertänigkeit, sondern die Betrachtungsweise meines Großvaters in mir vorherrscht: Was der kann, kinnde ich ooch, aber ich will ganz was anderes!

Schon nach wenigen Tagen ist die Antwort auf meinen Brief da. (Damals war die Post trotz aller Trümmer schneller als heute.) Ein Mann, der die Kultur zum Beruf hat und sich Kulturredakteur nennt, antwortet mir: So und so, und hat uns Ihre Geschichte gefallen, und werden wir sie zum Abdruck gelangen lassen. Geschraubte Sätze, wie sie bis heute von manchen Leuten für kulturvoll gehalten werden.

Einige Tage später kommt mir meine Geschichte gedruckt entgegen. Ich bin im Garten beim Spargelmisten, und Herr Höhler bringt mir die Zeitung, in der sie abgedruckt ist. Er läßt sich am Rain im Schneidersitz nieder, bittet mich, mit dem Misten aufzuhören und ihm mitzuteilen, wann ich zum ersten Mal bemerkt hätte, daß ich ein Schriftsteller bin.

Ich habe Spaß daran, Herrn Höhler zu verblüffen, und ich sage ihm, meine Verwandlung vom Hilfsarbeiter zum Schriftsteller hat sich plötzlich auf dem Arbeitsamt in Grottenstadt vollzogen. Herr Höhler verblüfft mich seinerseits, weil er es glaubt. Damals weiß ich noch nicht, daß eine bestimmte Art von Intellektuellen nicht weniger wundergläubig ist als unsere Großmütter. Für Herrn Höhler ist ein Wunder, daß einer ohne akademische Vorbereitung Schriftsteller wird. Er geht in seine Bibliothek und macht statistische Erhebungen: Fast alle Schriftsteller und Dichter haben sich selber ernannt, haben sich selber gekrönt, kaum einer verfügt über akademische Grade, die meisten haben nicht einmal das Abitur. Herr Höhler hat die Verwandlung eines gewöhnlichen Menschen in einen Schriftsteller im eigenen Garten und auf seinem Mist miterlebt. Eine Qualität ist plötzlich in eine andere Qualität umgeschlagen, wird mich mein Freund, der Ewige Edwin, später lehren. Studienrat Höhler ist Zeuge eines solchen Umschlags geworden, eine Art Gnade ist ihm widerfahren.

Meine Geschichte hätte Herrn Höhler eigentlich ängstigen müssen, aber er sieht sie nur von außen. Wenn ich Sie so sprechen höre, sagt er, und wenn ich Sie so lese, ich hätte Sie solcher Wortwahl nicht für fähig gehalten, und es würde mich nicht wundern, sagt er, wenn Sie weitere Geschichten aus meinem Garten heraus veröffentlichen. Herr Höhler bedenkt nicht, daß auch sein Obstgut verkleinert und geteilt werden wird, wenn sich das, worüber ich schrieb, auch in Thüringen und in Grottenstadt ausbreitet.

Fräulein Hanna und alle verhinderten Abiturientinnen, die im Garten arbeiten, lesen meine Geschichte, und sie sehen mich, manche vielleicht nur für eine Stunde, mit anderen Augen. Es kann sein, daß sogar jene Frau drunten in der Stadt, die gefälligerweise meine Söhne pflegt, die Geschichte gelesen hat und mich, fast eine halbe Stunde lang, bewundert, und das ist es, womit ich mich in der nächsten Geschichte, die ich schreibe, beschäftige. Meine Eitelkeit ist munter geworden. Ich beschreibe einen verschmähten Mann, der sich über Nacht in einen Dichter verwandelt und bewirkt, daß er bei der, die ihn verschmäht, wieder hoffähig wird. Die Geschichte gibt mir Gelegenheit, auch ein paar meiner Gedichte unterzubringen, die ich damals für unwiderstehlich halte.

Diesmal vergehen zwei Wochen, bis mir der Kulturredakteur antwortet. Ich habe in die Geschichte Poesie und Liebesseufzer eingebaut. Die Poesie war unecht, war Pseudo-Poesie, wie ich heute weiß, aber die Liebesseufzer sind echt, doch sie müssen unterwegs im Umschlag erstickt sein. Der Kulturredakteur hält die Geschichte für nichtssagend. Sie enthält nichts Gesellschaftliches, teilt er mit.

Ich fühle mich herausgefordert und erkläre dem Herrn Kulturredakteur, daß ich die Liebe für eine außerordentlich gesellschaftliche Kraft halte. So naiv bin ich damals, so wenig weiß ich, welchen Zeiten wir entgegengehen.

Liebe hin, Liebe her, antwortet der Kulturredakteur, wir sind in eine Zeit hineingefahren, in der es um den Fortschritt geht, und ob ich ihm von irgendeinem Fortschritt in der Liebe berichten könne.

Wie gesagt, die Eitelkeit hat mich beim Wickel, und ich versuche es mit einer dritten Geschichte. Ihre Überschrift lautet *Eine fortschrittliche Tat.* Ich schreibe über Herrn Ranz, und wie der, kaum daß er aus dem Konzentrationslager heraus ist, sich zum Tagesgartenwächter macht und durch tägliche Gartenwanderungen und immerwährende Anwesenheit die Apfelernte auf dem Obstgut vor mundraubenden Russen schützt.

Auch diese Geschichte kommt zu mir zurück, ohne in Druckbuchstaben übertragen worden zu sein. Wir befinden uns in der Zeit des Realismusses, erklärt der Kulturredakteur. (Damals, in der Pionierzeit, herrscht bei den neuen Redaktionsmannschaften in den Zeitungen noch Unklarheit über die Auswirkungen des Genitivs bei Fremdwörtern!) Es kommt jetzt weniger darauf an, sich Geschichten auszudenken, belehrt mich der Kulturredakteur; man habe das nicht nötig, weil die Wirklichkeit und das Leben einzigartige Geschichten liefern. Der Herr Kulturredakteur will nicht zu weit gehen, aber die Geschichte vom wachsamen Häftling sei fast feindlich. Was für eine Phantasterei! Ein Lager-Häftling schützt die Obstgärten eines Kapitalisten, schützt sie vor raubenden Sowjetsoldaten. Unmöglich, unmöglich, unmöglich!

Eine Menge Stoff zum Nachdenken für mich, und nun kann ich dem Kulturredakteur meine Aufrichtigkeit und meine Unfeindlichkeit nicht einmal mehr durch ein Beglaubigungsschreiben von Herrn Ranz beweisen; Herr Ranz ist auf und davon. Er trat vor Herrn Höhler hin und sagte: Dank für Gastfreundschaft und Vitamine, aber er wäre zu höheren Aufgaben berufen worden, zum Erbauer einer neuen antifaschistisch-demokratischen Ordnung, er müsse zu einem Brennpunkt.

Die Familie Höhler hat hohes Verständnis für die Absichten und die Aufgaben des Herrn Ranz, aber will der im gestreiften Anzug weiterziehen? Die Höhlers können ihm gern einen guten Anzug und anderes von einem ihrer Söhne hertun, die noch in Gefangenschaft sind.

Aber Herr Ranz will im gestreiften Anzug weiterziehen, er ist eine Art Ehrenkleidung für ihn und ein Ausweis, sagt er. Er wird von Frau Höhler mit Eßvorräten bepackt, dann geht er los, und alle stehen und winken, bis er am unteren Gartentor verschwindet.

Es dringt ein zweiter Brief meiner Mutter in unser Obstgut vor. Sie hat meinen Antwortbrief gekriegt, antwortet sie auf die Antwort und fordert dringlicher als im ersten Brief, ich möge nach Hause kommen. Nach Hause? Meine Ehescheidung scheint mein Zuhause zu dem Erdfleck zurückverlegt zu haben, an dem ich geboren wurde. Von zu Hause aus lasse sich die Zukunft besser regeln, schreibt meine Mutter. Ach je, ach ja! Wenn ich nicht bald käme, wäre auch das letzte Stück Land aus dem Bodenfonds vergeben, und die Bossdomer Fluren wären aufgeteilt. *Vom Bodenfonds* – wie meine Mutter das hinschreibt, so, als hätte es den schon immer gegeben wie Margarine oder Himbeermarmelade. Ich könnte daheim im Elternhaus wohnen, schreibt die Mutter weiter, könnte meine Söhne mitbringen, Platz wäre vorhanden, ich könnte die Zeit bis zu meiner Wiederverheiratung im Elternhaus verwarten. An all sowas denkt sie, die gute Mutter, und sie legt in ihren Brief eine weitere Verlockung hinein: Hast Du denn vergessen, schreibt sie, wie gern du abends in der lauschigen Backstube saßest und lasest und schriebest?

Diese Verlockung paßt auf einen Wunsch, der sich in mir zusammengedreht hat: Ich will wieder einen Roman schreiben, meinen dritten Roman, wenn man die beiden ungedruckten Romanversuche im Reisekorb mitrechnet. Meine Beziehungen zum Kulturredakteur in Weimar haben sich gelockert. Er hat mich bezichtigt, ein Feind der Zukunft zu sein. Das halte mal einer aus! Das nehme mal einer hin! Außerdem sind mir andere Hoffnungen, die ich hegte, zuschanden geworden: Die Amerikanisierung, die Übersee-Sehnsucht jener Frau, die ich die Mutter meiner Söhne nenne, scheint zum Stillstand gekommen zu sein, doch die Frau lenkt ihre frei gewordenen Wünsche dennoch nicht auf mich. Fräulein Hanna erzählt mir, sie habe sie auf der Promenade getroffen, und die Frau, die ich meine, wäre dort mit einem Manne gegangen, mit einem Deutschen. Aber damit ich Ihnen nichts Falsches sage, verbessert sich Fräulein Hanna, ganz deutsch ist der Mann nicht, er ist Dolmetscher bei den Russen. Fräulein Hanna hat mich, ob mit Absicht oder nicht, mit einer Enttäuschung beliefert. Aber was ist Enttäuschung? Ist sie nicht der Zustand, in den man verfällt, wenn einem ein Wunsch nicht in Erfüllung geht, wenn man naiv gehofft hat, die Wirklichkeit würde sich menschlichen Wünschen unterordnen?

Das ist so hübsch philosophiert, während ich in Wirklichkeit einen Grund suche, zu ihr zu gehen. Ich finde ihn: Falls ich ins Elterndorf zurückgehe, werde ich meine Söhne mitnehmen. Es ist meine Pflicht, sie sind mir behördlich zugesprochen. Ich könnte das jener Frau brieflich mitteilen, aber ihr wißt, daß ich darauf hoffe, wenigstens noch einmal eine halbe Stunde mit ihr allein sein zu können, und diese dumme Hoffnung (von heute aus gesehen) befiehlt mir, unangemeldet in ihre Wohnung vorzudringen, und ich steige dort treppan, und meine Tritte vermischen sich mit den alten Tritten vieler Männer, die hier heraufgestiegen sind, mit den Tritten der internationalen Männerwelt. Ihr werdets mir nicht ausreden, daß der Eindruck eines Tritts auf einer Treppenstufe verbleibt. Wie wollte man sonst erklären, daß Treppenstufen sich abnutzen?

Ich klopfe an, und jene Stimme, die ich vorzeiten täglich hörte, sagt: Bitte!

Ich trete ein. Die Frau sitzt am Küchentisch und raucht. Es ist eine Freundin bei ihr, und die raucht auch. Sie sehen mich halb erschreckt, halb neugierig an. Sie halten mich wohl für astral. Die Freundin bläht ihre Nüstern. Ich fange rasch ein Gespräch an: So und so, sage ich, ich hätte etwas Wichtiges zu besprechen.

Bitte! sagt die Mutter meiner Söhne. Ich lasse verlauten, daß ich sie gern allein gesprochen hätte. Sie will nichts davon wissen. Die Dame dort ist meine Freundin, sagt sie, wir haben keine Geheimnisse voreinander. Die Dame heißt übrigens Babs.

Die Mutter meiner Söhne überläßt mir ihren Stuhl. Sie setzt sich zu ihrer Freundin auf die Couch und entschuldigt sich, sie habe im Augenblick keinen Drink. Ja, sie sagt wirklich *Drink*. Es zeigt sich, daß sie in einigen Ecken ihres Wesens doch noch amerikanisch ist. Schön, daß du einmal kommst, sagt sie, aber sie sagt es wie eine Formel.

Ich rede von meiner Abreise, rede von den Söhnen, die ich mitnehmen werde, und sie hört mir zu und sieht mich mit jenem Liebreiz an, mit dem sie mich bei unserer ersten Begegnung ansah, damals in der Wohnstube der Eltern. Es war ein schwerer Sommernachmittag, die Fliegen summten, auf dem Hofe gurrten die Tauben, und das geöffnete Fenster war zu eng für die Fülle des hereinströmenden Sommernachmittags. Da sah ich dieses Lächeln zum ersten Male, ein Lächeln, an dem vor allem der breite Mund der Unbekannten mitwirkte, auch der saugende Blick, der damals ein Tierblick voll Unschuld war. Später, gewahrte ich, enthielt dieser Blick Verschlagenheit. Vielleicht dichtete ich die Verschlagenheit auch in den Blick hinein, weil ich meine Erfahrungen mit der Frau gemacht hatte, denn für Außenstehende schien sie den unschuldigen Tierblick behalten zu haben, den Blick einer schönen Hündin, einer Chow-Chow-Hündin, die niemals tut, was du willst, die nur tut, was sie will, und alle Versuche, sie ein bißchen zu dem hinzuerziehen, was du willst und was auch dir Freude machen würde, sind vergebens; sie tut, als hättest du sie erzogen, und wartet auf den Augenblick hin, da du dich umdrehst oder über etwas nachsinnst, und sie stiehlt sich davon, um das zu tun, worauf sie aus ist.

Beide Jungen? fragt sie.

Sie sind mir gerichtlich zugesprochen, wie du weißt, sage ich.

Die Freundin rechnet mit einer Auseinandersetzung und tut so, als würde sie gehen wollen. Sie wird dabehalten, und sie raucht heftig und dampft aus Mund und Nase.

Fraglich, ob die Entscheidungen eines Nazigerichts noch gelten, sagt die Mutter meiner Söhne und redet so abfällig von den *Nazis*, als hätte *sie* diese Leute ihr Leben lang gehaßt. Wir gehen auf fortschrittlichere Zeiten zu, sagt sie. Sie hat sich schon etwas von dem Vokabular angeeignet, das die sowjetischen Soldaten und ihre Dolmetscher in die Stadt brachten. Einen

Jungen würde sie hergeben, sagt sie, mit beiden Jungen, das fiele ihr als alleinige, als geschiedene Frau manchmal schwer, und mir ist, als sage sie das alles nur, um sich vor ihrer Freundin mütterlich aufzuspielen, vor ihrer Freundin, die dasitzt und Tabak verbrennt und Rauch erzeugt.

Mit eins aber gibt die Mutter meiner Söhne unserem Gespräch eine Wendung, die die Hoffnung des Geisteskranken, der ich bin, wie eine Stichflamme hervortreibt: Hast du nie daran gedacht, daß wir uns schon der Kinder wegen wieder zusammentun könnten? fragt sie.

Ich habe solcherlei nicht erwartet, höre ich mich sagen und empfinde sogleich, wie gespreizt das klingt. Willst du denn? frage ich und merke auf, daß mir die Frage nicht zu freudig entfährt.

Man könne darüber reden und nachdenken, sagt sie.

Ja? sage ich, und dieses Ja ist nun doch von Begeisterung gefärbt, und sie spürt es, sogar die dampfende Freundin spürt, daß wir Annäherung betreiben.

(Achtung, wenn das Läutwerk der Lokomotive ertönt oder die Annäherung eines Zuges anderweitig erkennbar wird.)

Sie bittet um drei Tage Bedenkzeit. Ich soll sie am Sonntagabend abholen, wenn sie aus dem Kino kommt. Sie bestimmt schon wieder, daß ich zu warten, daß ich zu hoffen habe. Ich bemerke es nicht, mein Trieb zu ihr hin hat mich wieder zu einem Gefühlsblinden gemacht. Ich beachte die fremden Ringe an ihren Fingern nicht, nicht die merkwürdigen, von einem Amerikaner hinterlassenen Ohrgehänge.

Ich komme in den Garten Eden zurück, und vor meiner Gartenhütte liegen Scherben. Eines der Fenster ist eingeschlagen worden. Jemand ist eingestiegen und hat die Hütte ausgeraubt. Mein schwarzer Anzug ist davon. Er ist mir, jetzt nach dem Kriege, zu reichlich gewesen, aber immerhin, ich hätte ihn eines Tages anziehen und zum Ausdruck bringen können, daß ich feierlich gestimmt bin, und hätte die schwarzen Halbschuhe dazu anziehen können, aber auch die sind weg; außerdem der alte Lodenmantel vom Großvater, der vorzeiten getreulich mitgehalten hatte, als ich in unserer kalten Stube den Roman von dem Mann mit den dreizehn Doggen schrieb. Auch der kleine Stoß Unterwäsche wurde aus dem Schub herausgezerrt und weggenommen, weg auch meine Taschenuhr.

Von nun an werde ich einige Forderungen erfüllen, die von einem Menschen verlangt werden, der weise werden will: ich werde nur noch das haben, was meine Blöße bedeckt, als da sind ein Paar Militärwollsocken, ein Paar Militärstiefel, die Trenkerhose aus Manchester, ein kragenloses Militärhemd, die weiße Windbluse und das grüne Hütchen, das mir der Wind zuwehte, vor allem aber werde ich zeitlos leben, denn auch meine Uhr ist, wie gesagt, mit dem Dieb davongegangen.

Ich gehe zu den Höhlers ins Haupthaus: Hier steht ein Ausgeraubter! Die Höhlers sind bestürzt. Sie haben nichts bemerkt. Der Einbrecher muß die Mittagsruhezeit ausgenutzt haben. Hat er die Gewohnheiten der Höhlerfamilie gekannt? Jedenfalls hat er sich sicher gefühlt, hat sich Zeit genommen, hat sogar den Inhalt meiner Brieftasche sortiert, hat die Geldscheine, die sie enthielt, entnommen, während ihn die Dokumente, mein provisorischer Ausweis und das Gerichtsurteil über meine Ehescheidung, kaltließen. Er hat seinen Raub aus dem offenen Fenster geworfen und ist durchs Fenster ein-, auch ausgestiegen. Es ist noch etwas von der Gemächlichkeit zu spüren, mit der der Dieb den Einbruch betrieb.

Am Ende sinds Leute aus der Kaserne gewesen, äußert Frau Höhler und bekommt es mit ihrem Herrn Gemahl zu tun. Er weist sie zurecht, und er zittert dabei und ist besorgt, nicht für einen Feind der Russen gehalten zu werden.

Frau Höhler und Tochter Hanna möchten, daß ich umziehe, sogleich, zu ihnen ins Haus ziehe. Siehe, es kann nachts ein Einbrecher bei mir einsteigen und mich umbringen.

Ich will nicht umziehen, aber mein Widerspruch wird nicht berücksichtigt. Am Abend finde ich mich ins Haupthaus versetzt. Frau Höhler und Fräulein Hanna haben mein Bettzeug und die Kleinigkeiten dort hingeschafft, und ich habe in einem Stübchen neben Fräulein Hannas Jungfrauengelaß zu wohnen, wo mich kein Einbrecher umbringen kann.

Ich habe den Höhlers noch nicht gesagt, daß ich kündigen und abreisen werde. Weshalb auch? Es kann sich noch manches anders gestalten. Habe ich *gestalten* geschrieben? Für die damalige Zeit kann ich das Wort vielleicht stehenlassen. Heute verabscheue ich es, weil es so strapaziert und abgebraucht ist. Jedes Schaufenster wird heute gestaltet, bunte Abende,

Sitzungen, Fastnachtsfeiern, Getränkekarten, vielleicht gar Hochzeitsnächte. Danke!

Wirklich gut, daß ich den Höhlers nichts von meinem Vorhaben sagte, in die Heimat zurückzugehen. Ich kann womöglich in Grottenstadt bleiben, mir eine besser bezahlte Arbeitsstelle suchen und meinen Familienbetrieb wieder eröffnen. Und kann sichs nicht auch ergeben, daß wir, meine Frau und die Söhne, zusammen in die Elternheimat gehen, daß ich als Gehilfe des Vaters arbeite, daß meine Frau als Gehilfin der Mutter im elterlichen Laden arbeitet, und daß wir Harmonie und ein Sippenleben haben werden, alles aufs beste.

Am Spät-Abend schiebe ich den aufregenden Tag in die Vergangenheit und schlafe ein. Um Mitternacht weckt mich der Kauz. Schaurig rief der Kauz, heißt es nicht nur in platten, sondern auch in guten Romanen. Kann ein Vogel schaurig rufen? Haben die Menschen die Schaurigkeit nicht in den Vogelruf hineingelegt und ihn als Metapher vernutzt? Sprechen die meisten Menschen nicht vom *schaurigen Ruf des Kauzes*, ohne diesen Ruf je gehört zu haben, ähnlich, wie sie vom *lieben Gott* sprechen, ohne untersucht zu haben, ob er wirklich so lieb ist?

Für mich ist der Kauzruf ein akustisches Samenkorn, aus dem mir ein Kriegserlebnis wächst, allwie mir aus Zithertönen Kindheitserlebnisse wachsen. Der Kauzruf zwingt mich, den lieblichen Schlaf der Nachtmitte fahrenzulassen: Ich muß an eine Hundstagsnacht mit wenig Kühlung denken. Die Blätter der Pyramiden-Pappeln am Saale-Ufer klackerten und raschelten ein wenig im Wasserwind. Dichtern, die ihre Pappeln *flüstern* lassen, vermag ich nicht zuzustimmen; das *Flüstern* von Pappelblättern entstammt dem Arsenal der Pseudo-Poesie.

Ich kam als Soldat aus Karelien auf Urlaub und schleppte einen Gebirgsjägerrucksack und einen Pappkarton. Im Rucksack steckten einige Konservendosen. Der Bataillonskoch hatte sie mir eigenhändig dreingestopft. Für ihn war ich ein Kranker, der auf den Tod lag und wieder genas:

Ich hatte mit Franz Marschewska, dem Verwalter der Bataillonspoststelle, heimlich auf einem Feldfunkgerät den russischen Sender in deutscher Sprache gehört; wir wurden entdeckt und mußten vor den Gerichtsoffizier, der verhörte uns mehrmals, doch ich konnte dem Verfahren eine Wendung zu unseren Gunsten geben, weil ich beobachtet hatte, wie der Hauptfeldwebel, unser Denunziant, die Akten des Gerichtsoffiziers abstenografierte; er wollte beweisen, daß der Gerichtsoffizier uns begünstigte, aber der Gerichtsoffizier ließ sich keine Begünstigung nachsagen, stellte das Verfahren ein, und wir kamen davon, der Feldwebel wurde degradiert.

In meinem Gebirgsjägerrucksack steckte außerdem eine lappländische Frauenbluse. Die Hände eines kunstsinnigen Mädchens hatten sie ausgestickt, die Hände von Aino, der Tochter eines nordfinnischen Kleinbauern. Die Bluse sollte mich an sie denken machen. Ich hätte ihr erster Mann werden sollen. Aber es gab Hinderungsgründe. Sie hatte mich gern, ich hatte sie gern, aber um ihrer Eltern willen behandelte ich sie wie eine Schwester.

Die Frauenbluse lag fein gefaltet im Gebirgsjägerrucksack. Jetzt wollte ich sie jener Dame schenken, die ich noch, ohne zu stocken, meine Frau nannte, und erst viel später wird mir aufgehen, wie roh es war, so wenig sorgsam mit der Liebe des Mädchens Aino umgegangen zu sein.

Der Zaun, der die drei Mietshäuser des Grottenstädter Armenviertels einhegte, hatte kein Tor. Das fehlte schon, als wir dort einzogen. Ich ging an der Front der Steinbaracke entlang, und der Kauz schrie in den Pappeln, und ich war wütend auf ihn. Ich war auf eine Überraschung aus, und die hatte sich vorgenommen, mir zu gelingen: Das Fenster jener Stube, die wir nie bewohnten, stand offen. Die Stube sollte sich sommers von den glitzernden Winterfrösten erholen, eine Maßnahme, die von mir stammte, die sich erhalten hatte, obwohl ich hinter dem Polarkreis lebte. Dubberige Luft kam aus der Stube, waberte um mich herum und mischte sich mit der lauen Luft der Augustnacht.

Ich gab den Gebirgsjägerrucksack durchs Fenster und stieg nach. Es gelang mir geräuschlos, und es gelang mir, ebenso geräuschlos durch die Stube zu gehen, in der wir damals zu dritt in den Ehebetten schliefen, mein Schulfreund, der Leutnant, meine Frau und ich.

Draußen in den Pappeln schrie und schrie der Kauz und machte mich zittern, und doch gelang es ihm nicht, mich zu verraten. Ich öffnete die Tür zur Küche, und auch die Tür war mir wohlgesonnen und verhielt sich geräuschlos. Ich schloß die Küchentür hinter mir und schaltete das Licht ein und da – auf einem der Küchenstühle, ihr wißt, daß wir nur zwei davon hatten, hing die Uniformjacke eines Feldwebels. Sein Koppel mit der Pistolentasche lag auf dem Stuhlsitz, und ich stand davor, und ich habe bis heute keine Ahnung, wie ich ausgesehen haben mag, und ich weiß bis heute nicht, woher die Nüchternheit kam, die sich damals in mir ausbreitete. War ich im Innersten auf so eine Szenerie vorbereitet? Stieg ich deshalb durchs Fenster? Du kannst hineingehen und ihn erschießen, ihn aus seiner Hochzeitsnacht herausschießen, dachte ich. Es würde dir nichts geschehen hinterher. Du bist ein bevorzugter, ein sogenannter Frontsoldat. Man wird befinden, du habest dich im Zustande der Eifersucht und der Unzurechnungsfähigkeit aufgehalten. Du wirst es wieder einmal mit Gerichtsoffizieren zu tun kriegen, aber sie werden dich freisprechen.

Ich maß meine Eifersucht und stellte fest, daß sie nicht groß genug war, das zu tun, was ich hätte tun können. Diese Nüchternheit! Woher kam sie mir?

Ich erwähnte schon, daß ich meinen Roman von dem Mann mit den dreizehn Doggen damals in Grottenstadt nicht zu Ende schrieb. Die Unzufriedenheit meiner Frau wurde größer und größer, und sie zersetzte mir jedwede Schreibstimmung, und damals erlebte ich es zum ersten Male, wie entschlossen und unerbittlich ich gegen jedermann sein kann, der mich bei einem Schreibvorhaben behindert. Es war so, daß ich anfing, meine Frau zu hassen, und ich verließ sie, ging in die kleine Nachbarstadt, mietete mich dort bei kinderlosen Leuten ein und schrieb nicht nur den Roman zu Ende, sondern beschäftigte mich auch mit merkwürdigen Büchern, die ich mir auslieh, zum Beispiel ein Buch über die indischen Rishis und deren Gleichmut, und ich versuchte insgeheim, mich ebenso in Gleichmut zu üben und es mit den Rishis aufzunehmen.

Aus dieser kleinen Stadt wurde ich in den Krieg geholt.

Bevor ich auszog, ging ich noch ein Mal zu meiner Frau und den Kindern und verabschiedete mich. Wir waren um diese Zeit so gut wie nicht mehr verheiratet. Sie tat, was sie wollte, und ich tat, was ich mußte. Aber draußen in der Kriegsfremde wuchs ein Schuldgefühl in mir an. Mir war, als hätte ich nicht recht getan, sie und die Kinder zu verlassen. In Karelien packte mich Heimweh, und es wäre mir ein kleines Glück gewesen, meinen Urlaub bei der Familie zu verbringen, aber ich mußte mit allem rechnen, und deshalb meine Nüchternheit. Vielleicht kam mir auch der Gleichmut der Rishis, an den ich schon nicht mehr gedacht hatte, ein wenig zu Hilfe.

Ich zog die Pistolentasche des Feldwebels vom Koppel und legte sie ins Röhr des sommerkühlen Ofens. Immerhin konnte dieser Herr von nebenan, wenn ich eintreten und ihn aufscheuchen würde, sich von Feinden umringt fühlen, und er konnte verwirrt in die Küche stolpern und sich bewaffnen wollen.

Ich ging in den Schlafraum, schaltete das Licht ein, und alles, was jetzt geschah, war wie in einem kitschigen Film. Der ältere meiner Söhne fuhr im Kinderbett hoch, streckte die Hände nach mir aus und sagte: Papa! Und dieses Wort war für die beiden, die umschlungen in jenem Bett lagen, das ich früher bewohnte, wie ein Sirenengeheul. Sie fuhren auseinander und legten sich nebeneinander wie Brüderchen und Schwesterchen, und ich (auch das wieder wie im Kitschfilm), ich, der zusammengefaßte taktvolle Held, verließ die Szene, verschwand in den Kulissen.

Ich zog das Soldbuch aus der Seitentasche des Feldwebelrocks. Mir schien, es wäre nicht schlecht zu wissen, mit wem ich es zu tun hatte.

Otto Lorbass, geboren am dreizehnten dritten neunzehnhundertundsechzehn. Die Personalien des Feldwebels krallten sich in mein Gedächtnis. Ihr könnt mich, kurz bevor ich in die Grabgrube fahre, fragen: Wie hieß er gleich? Ich werde euch antworten: Otto Lorbass hieß er. Und dabei ist das alles so lange her und so weit weg, und die Frau, um die es ging, wohnt in einem anderen Land, in dem man zwar Deutsch spricht, das aber doch nicht Österreich ist, und ich kann ihr für kein einziges weißes Haar in meinem Barte die Schuld zuschreiben, weil ich fast niemals mehr an sie dachte.

Ich buckelte meinen Rucksack wieder auf, und ich ging davon, und wieder das Geraspel und Geklapper in den Pappelblättern, und der Kauz schrie noch immer. Die neuesten Meldungen aus der Menschenwelt waren noch nicht bis zu ihm gedrungen. Ich trat gegen den Stamm der Pappel, auf der der Kauz saß; er sollte wenigstens wissen, daß er sich nicht allzu sicher fühlen durfte. Der Kauz nahm die Meldung zur Kenntnis und flog davon; er hatte von einem Mann, der nicht ganz zufrieden war mit sich und seinem Leben, eine Warnung gekriegt.

Ich hätte zu den Kaplans gehen können, von denen ich euch erzählte, aber ich ging nicht zu ihnen. Sollte ich vor sie hintreten und sagen: Ihr habt es lang gewußt: Wir paßten nicht zusammen!

Ich saß auf dem Bahnhof, und er fühlte sich an wie ein erweitertes Zuhause. Ich hätte in das militärische Büro gehen können, von dem ich schon nicht mehr weiß, wie es hieß: Ortskommandantur, Wehrkreiskommando oder Frontleitstelle. Ich hätte denen, die dort saßen und *Heimatdienst* taten, mein *Schicksal* in die Ohren stopfen können, in die Ohren seitlich ihrer grinsenden Gesichter, und ich hätte von ihnen verlangen können, mir einen anderen Urlaubsort in meinen Reiseschein (Urlaubsschein hieß er wohl) hineinzusetzen, zum Beispiel Bossdom, den Namen meines Heimatdorfes, aber ich verwarf es. Sollte ich heimfahren und sagen: Mütterchen, da bin ich; es ist so gekommen, wie du fürchtetest?

Ich beschloß, in die kleine Nachbarstadt zu fahren. Vielleicht gab es dort bei meinen ehemaligen Wirtsleuten in der Unteren Mauergasse ein Urlaubs-Unterkommen für mich.

Fünf Stunden bis zur Abfahrt des ersten Morgenzuges. Neben mir im Warteraum saß ein anderer Soldat, und der war grau wie alles in jener Nacht. Er hatte seinen Oberkörper, das Gesicht nach unten, schlafend über den Tisch hingebreitet. Sein Käppi war verschoben, und sein Nackenhaar stand ab wie eine Bürste. Ich starrte auf dieses sperrige Nackenhaar und drang mit meinen Blicken in den Schlaf des Kameraden ein. Er richtete sich auf und sah sich um, als hätte ihn etwas gestochen. Er hatte eine breite Narbe von einer Verwundung im Gesicht, und nun mußte er wieder hinaus, um es noch einmal mit dem

Tod anzulegen. Auch wieder an die Front? fragte er mich, und ich sah, saß seine Unterlippe beim Sprechen nicht mehr Dienst tat, wie sie sollte, und ich wußte nicht, was ich ihm antworten sollte. Ich hätte ihm sagen können, daß ich mich schon wieder an der Front befand, aber er hätte es nicht verstanden.

Die Bucks in der Unteren Mauergasse nahmen mich auf. Es kam ihnen zupaß, an der Heimatfront einmal mehr beweisen zu können, wie gut sie es mit der Front draußen meinten, und sie verwöhnten mich.

Der zweite Mensch in mir, ihr wißt, welchen ich meine, drängte mich, die Urlaubszeit zu seinem Genusse zu verwenden. Er trieb mich fast täglich nach Weimar. Ich versuchte dort im Rilke-Archiv ein Original-Manuskript des verehrten Dichters unter die Augen zu kriegen. Denkt nicht, daß es mir dabei um den *Cornet* ging, nein, ich war auf das Manuskript von Rilkes Herbstgedicht aus: *Herr: es ist Zeit. Der Sommer war sehr groß* ... Noch mehr gefreut hätte es mich allerdings, jene Elegie in Handschrift zu sehen, die da anfängt: *Jeder Engel ist schrecklich* ...

Aber ich kriegte Rilkes Handschriften nicht zu sehen. Im Nietzsche-Haus zeigte mir der Hausmeister für zwei Päckchen Zigaretten das Sterbebett des Philosophen. Auf dem Nachttisch stand die Steingut-Tasse mit dem angearbeiteten Bartschutz, die der geistig kranke Pfarrerssohn zuletzt benutzt hatte. Die Tasse schien mir etwas von dem Wahnsinn des Unglücklichen abzustrahlen; ich gehöre, wie ihr wißt, zu den Einbildungsfähigen, weniger zu den Bildungsfähigen, und ich benutzte meinen Urlaub, um recht viele solcher Einbildungen zu ernten, denn zu sehen kriegte ich wenig. Alles war bombensicher gemacht, alles war verschwunden, nur im Garten von Goethes Wiesenhaus durfte ich eine Weile sitzen: *Dir allein verleih ich die Stimme* ... Und dort sitze ich auch heute jeden Sommer eine Weile, aber ich denke nie mehr an das, was mich damals dorthin trieb.

Ich war wieder im karelischen Urwald bei meinen Kameraden. Es gab einige Gemeinsamkeiten zwischen ihnen und mir: die gleichen Uniformen, die gleichen Kochgeschirre, die gleichen Witze, die gleichen Gerüchte, das gleiche Hinhorchen auf das, was mit uns geschehen würde. Eine Menge Gemeinsamkeiten, und in der Stadt, die einmal meine Heimatstadt gewesen sein wollte, hatte ich nicht eine gefunden.

Die Kameraden in Karelien warteten immer noch auf den *Einsatz*. Später werde ich erfahren, daß wir in den karelischen Urwäldern zu leben hatten, um bei herangereiften Umständen in Schweden einzufallen. Ich werde erfahren, daß das, was sie mit uns vorhatten, in den geheimen Kriegsakten *Aktion Silberfuchs* genannt wurde. Die *Aktion* fand nicht statt. Das Leben, das nur in günstigen Fällen oder nur den Weisen erlaubt, Pläne, die sie sich setzen, Wirklichkeit werden zu lassen, es schien hier zugunsten der Schweden eine Kurve zu machen, deren Nutznießer ich wurde, die mir spätere Vorwürfe, vielleicht sogar den Tod ersparte.

In unserer Baracke aus Baumstämmen schrieb ich das nieder, was ich harmlos als mein Urlaubserlebnis bezeichne. Es wurde eine Geschichte voll Selbstmitleid, und ich nannte sie *Verloren in Karelien.* Auch sie liegt heute in meinem Keller-Archiv, und wer will, kann gehen und die beiden Weisen, in der ich sie erzählte, miteinander vergleichen und kann versuchen, sich ein Urteil über die Lebensbahn eines wunderlichen Schreibers zu bilden.

Jetzt zurück zum Garten Eden, zurück in meine dreitägige Wartezeit, in die mich jene Frau wiederum versetzte. Lernt denn der Mensch nie? Ich sagte schon: Er lernt immer dann, wenn er sich weise verhält, oder wenn die Lebensumstände es ihm erlauben.

Kleine Neuigkeiten helfen mir die Wartezeit verkürzen: Herr Höhler hat einen Brief von Herrn Ranz gekriegt, in dem der um eine Bestätigung bittet, daß er hier bei uns im Garten gearbeitet hat. Herr Höhler soll ihm bestätigen, daß er *ein Mann der ersten Stunde* gewesen ist.

Was alles so in einem Menschen steckt, von dem man nichts gewußt hat, sagt Herr Höhler. Wissen Sie, was Herr Ranz geworden ist?

Ich weiß es nicht.

Herr Ranz ist Landrat für den Kreis Grimma geworden. (Für den Namen der Kreisstadt verbürge ich mich nicht, es kann auch Crimmitschau, Wurzen oder eine andere Stadt gewesen sein. Aus den Akten jener Zeit muß erkennbar sein, in welcher sächsischen Stadt Herr Ranz als Landrat wirkte.)

Später, als ich schon in der Heimat bin, teilt mir Herr Höhler bestürzt mit, man habe Herrn Ranz vom Landratsstuhl gestoßen, er wäre ein Krimineller gewesen, einer, der die politischen Konzentrationslager-Häftlinge bespitzelt hätte.

Mein Mißtrauen gegen Herrn Ranz, das ich niederkämpfte, weil mir seine gestreifte Häftlingskleidung Respekt abnötigte, war also rechtens gewesen. Und auf einmal überfiel es mich, wie es manchmal jene Leute, die sich Hellseher nennen, überfällt, und es lag ein Stück Leben einen Knall lang im Zusammenhang vor mir, und ich wußte: Herr Ranz hatte meine Hütte ausgeraubt. Mein schwarzer Bräutigamsanzug war für eine Weile Festhabit eines Landrats, und meine Taschenuhr, das Konfirmationsgeschenk des Großvaters, hatte dem Schwindler Ranz die Landratszeit zugemessen.

Der dritte Tag meiner Wartezeit kommt heran, aber ich werde erst am Abend, erst nach dem Kinobesuch, gebraucht.

Die Filme werden zu jener Zeit im Tanz- und Theatersaal *Grottenstädter Hof* abgeschnurrt. Der Grottenstädter Hof liegt damals am Stadtrand, und hinter ihm fließt ein Bach, der ist noch mit keinerlei Müll vermischt. Er heißt der Springlingsbach, denn er hüpft mehr, als er fließt. Er kommt von den Bergen herunter und unterquert die Straße, und dort auf der Brücke, auf dem steinernen Brückengeländer, sitze ich und warte.

Aus dem geöffneten Fenster der Filmvorführer-Kabine dringt ein Liebesdialog nach draußen. Zwei *Filmstars führen ihn durch*, und aus der Kabine heraus klingt er wie Hundegeheul. Er verfängt sich in den Ästen der Buchen am Bach, quirlt dort eine Weile umher und wellt dann nach dort im Weltenraum, wohin alle auf dieser Erde erzeugten Töne verschwinden. Vielleicht gibts dort eine bürokratische Ordnung, ein Weltenraum-Archiv, und in diesem Archiv ein Schubfach für unerhebliches Gerede und ein Schubfach für Liebesdialoge, jedenfalls alles schön nach Fach- und Sachgebieten geordnet, und bald werden sie dort eine Abteilung für Detonationen von Atombomben einrichten müssen.

Das Leben des Films drinnen im Saal geht zu Ende. Ich höre nur noch einzelne Worte, und ein jedes Wort hat viel Raum aus Stille um sich. Es sind wahrscheinlich Worte eines Sterbenden, und dann kommt die Schlußmusik angefahren und verschlingt alles.

Ich stehe in der Nähe der Ausgangstür. Die Leute, die für diesen und zwei weitere Augenblicke Filmbesucher genannt werden, kommen heraus, einzeln und paarig. Frauen nicken begeistert, und Männer schütteln unwillig die Köpfe, und es gibt Paare, die sich über den Film unterhalten.

Woher hatte er mit eins den Revolver? fragt eine Frau ihren Mann.

Er hat ihn sich vorher besorgt, sagt der Mann.

Warst du dabei? fragt die Frau. Ich habe das nicht gesehen.

Im Film wird nicht alles gezeigt. Man muß mitdenken! sagt der Mann. Es gibt Männer, die alles wissen, besonders, wenn sie von Frauen gefragt werden.

Jetzt kommt meine . . ., ihr wißt schon, die Mutter meiner Söhne. Sie hat den linken Arm angewinkelt, und es hängt ein Mann daran, ein ziemlich dicker Mann, älter als ich und X-beinig. Nach der Beschreibung, die mir Fräulein Hanna gab, scheint es sich um jenen Dolmetscher zu handeln. Man kennt ihn in der Stadt. Er lebt schon lange hier, und man nannte ihn bisher den *Kyriller*; wahrscheinlich, weil er in kyrillischen Buchstaben schreiben kann. Früher behauptete er, er wäre ein Grieche, und niemand hat gewußt, daß er auch russisch spricht, aber jetzt spricht er es, und er übersetzt, und er dolmetscht, und er ist ein wichtiger Mann geworden, und nicht nur fürs Dolmetschen.

Die Mutter meiner Söhne sieht mich, aber sie tut, als sähe sie mich nicht. Mein Jähzorn springt auf, ich verfolge die beiden. Sie schwanken vor mir her, als wären sie betrunken. Das kommt vom Watschelgang des Dolmetschers.

Ich hole die beiden ein und berühre die linke Schulter der Frau. Sie tut nicht dergleichen, aber er bleibt stehen und stampft und plärrt: Was errrlauben? Sie legt ihm ihre rechte Hand, diese mir wohlbekannte Hand mit dem krummen Kleinfinger, der einer Kralle gleicht, auf den sabberigen Mund.

Wir hatten eine Verabredung, erinnere ich sie.

Du siehst, es geht nicht, sagt sie. Komm morgen! Sie nimmt ihre Hand vom Mund ihres Dolmetschers, und der Dolmetscher spielt Theater: Nix verrrstehn, sagt er.

Ich habe bisher nie erlebt, daß meine Knie allein und für sich müde wurden, aber jetzt werden sie es. Ich setze mich wieder auf das steinerne Geländer der Bachbrücke. Es ist übrigens aus roten Backsteinen gemauert wie die Wände von Häusern aus der Gründerzeit. Ich stecke mir eine Pfeife an, rauche selbstgebauten Tabak und inhaliere so heftig, daß mir der beizende Qualm bis in die Knochenhohlräume fährt.

Ich fasse Beschlüsse, wichtige Beschlüsse, wie ich

mir einbilde: Ich werde am nächsten Tag zu ihr gehen, wie sie es wünschte, und ich werde sie warnen. Sie muß sich von diesem Manne lösen! Mein Trieb zu ihr hin hat ein neues Motiv gefunden, mit dem ich mich vor mir selber rechtfertige, vor dem zweiten Mann in mir. Ich bin noch immer nicht geheilt. Wenn ich sie mir mit diesem Mann zusammen denke, wird sie für mich unschuldig und immer unschuldiger. Was ist überhaupt Schuld?

Ein russischer Soldat scheucht mich auf. Er ist betrunken. Sein Alkohol-Atem umspült mein Gesicht. Er trägt Orden auf beiden Brustseiten und zeigt mir sein bösestes Gesicht. Er ist vielleicht ein Offizier, und er hält mich für seinen Gefangenen. Wo Frrau? fragt er. Ich lustig machen, wo Frrrau?

Ich weiß nicht, wo es eine Frau für ihn gibt, und ich hebe nicht nur die Schultern, sondern auch die Unterarme mit ihnen, um ihm deutlich zu machen, daß ich nicht weiß, wo Frauen für ihn sind.

Er packt mich bei der Schulter, zerrt mich vom Geländer und weist mit ausgestrecktem Arm auf die Häuser an den Hügelhängen, auf deren erleuchtete Fenster, und er läßt mich nicht aus, er zieht seine Pistole und treibt mich vor sich her. Ich soll ihm Frauen- oder Freudenhäuser zeigen.

Ich marschiere, marschiere wieder einmal oder immer noch, ich marschiere auf die Häuser zu, die am Hang kleben; er mit der Pistole hinter mir, seine Mütze sitzt schief, und sie sitzt auf seinen lockigen Haaren wie auf Spiralfedern: Wo Frrrau? Ich Freundschaft machen mit Frrrau.

Ich gehe schärfer voran. Er hat Mühe, mir in seiner

Trunkenheit zu folgen, und er hält mich zurück. Er will meinen Ausweis sehen. Ich ziehe meinen Notausweis, er nimmt ihn und sieht ihn sich an, als ob er in der Finsternis lesen könnte; in der linken Hand den Ausweis, in der rechten Hand die entsicherte Pistole. Er starrt trunken auf den Ausweis, und ich ducke mich und verschwinde im Gesträuch am Wegrand. Das Leben ein Film, ein überüblicher Film: Ein Schuß kracht. Die Kugel, die mir zugedacht ist, fliegt über mich hinweg. Der russische Soldat versucht nicht zu stöbern, macht keinen Versuch, mich zu finden, ich höre ihn rumoren und sehe ihn davonwanken.

Ich bleibe noch eine Weile hocken. Was mir geschah, mag einem ZEN-Buddhisten geschehen, wenn ihm sein Meister während der Meditation eins mit dem Stock überzieht und ihm zu einem kurzen Blick in den unsichtbaren Teil der Wirklichkeit verhilft, und die ZEN-Buddhisten nennen das *Satori.*

Ich werde diesem sowjetischen Offizier dankbar sein, bis sie mich in mein Grünhofer Grab legen, denn sein Schuß hat mich in bezug auf jene Frau, die ich einmal meine Frau nannte, hellhörig und weitsichtig gemacht. Ich weiß mit eins, daß mein Glück im Schreiben liegt, daß ich aber nie etwas Eigenständiges schreiben werde, solange ich dieser Frau nachlaufe. Ich weiß mit eins, daß ich sie mir abgewöhnen muß. Ich erlebe einen der kurzen Augenblicke, in denen ich unabhängig und doch im Sinne des großen Lebens eine Eigenleistung vollbringe, einen Richtungswechsel.

Vielleicht ist aber auch diese Erkenntnis anzweifelbar, weil es mir nur scheint, als hätte ich mich aus

Eigenem verwandelt. Vielleicht ist das eine Täuschung, weil ich nur die Übersicht über mein kleines Ich und mein kleines Leben habe, weil ich nicht alle Verflechtungen und Ereignisse kenne, die noch weit draußen liegen und erst auf mich zutreiben.

Ich höre kluge Leute, die das lesen, sagen: Er ist ja ein Fatalist! Und sie glauben, mich gekennzeichnet zu haben. Ich gehöre damit für sie in die große Abteilung der Unzurechnungsfähigen. Ich bin fatal, denke fatalistisch, und sie sind normal, wenigstens für hierzulande. Na mäg!

Ich bin bestrebt, meine Einsicht, Klarsicht oder Draufsicht für die nächste Zeit, und wenn möglich, für mein fürderes Leben festzuhalten, und ich treffe Maßnahmen, die es ermöglichen helfen sollen: Ich kündige bei den Höhlers, doch ich sage es zunächst nur Herrn Höhler, weil ich fürchte, Frau Höhler und Hanna könnten Einwände gegen meinen Entschluß erheben. Und siehe, selbst Herr Höhler will mich, wie sich zeigt, nicht verlieren. Es ist so schade, sagt er und drückt sich gebildet aus, da hatte man nun jemand, mit dem man geistigen Austausch pflegen konnte, und nun geht er fort, nachdem schon der interessante Herr Ranz davongegangen ist. Um diese Zeit weiß Herr Höhler noch nicht, daß es den Herrn Landrat Ranz alsbald nicht mehr geben wird. Herr Höhler tut, als ob ich in den nächsten fünf Minuten schon verschwunden sein werde, und er fragt mich rasch noch, ob ich ihm raten würde, Russisch zu lernen. Er würde sich gern die Möglichkeit vergrößern, wieder in seinem geliebten Studienratsberuf beschäftigt zu werden. Ich rate ihm, Russisch zu lernen.

Und die zweite Maßnahme, die ich treffe: Ich schreibe Frau Amanda, Aimée oder Amy einen Brief: So und so, ich reise ab. Es ist meines Bleibens nicht mehr in diesen lieblosen Gefilden. Ich streiche den pathetischen Satz mit den *lieblosen Gefilden*, aber so, daß sie ihn noch lesen, ihn noch als den Schatten eines Gefühls aus einer Zeit, die für mich vorbei ist, erkennen kann. Für den Rest des Briefes gebe ich mich hart. Ich bitte nicht, ich befehle. Ich bin der rechtmäßige Eigentümer der Söhne. Am Soundsovielten werde ich abreisen, sorg dafür, daß die Söhne reisefertig bereitstehen!

Wenn ich diesen Brief aus meiner Sicht von heute lese, erkenne ich, daß die Härte, die ich in ihn legte, einige Male die Grenze des Lächerlichen streifte.

Die dritte Maßnahme: Ich teile meinen Eltern mit, daß ich komme, daß ich ihnen eine Hilfe sein will, daß ich abends in der gemütlichen Backstube einen Roman schreiben werde, einen Roman zur Übung, versteht sich.

Ich vertäue meine Einsicht, meine Aussicht, mein Satori nach allen Seiten. Niemand soll sie mir mit freundlichem Gerede oder mit tiefen Blicken zerstören. Ich ergreife sogar eine vierte Maßnahme: Ich versuche, das große Erlebnis literarisch festzuhalten. Später freilich, wenn ich diese Auslassungen, die ich damals für literarisch hielt, wiederlese, werde ich über das ich-bezogene Gestammel, über das mit Sentimentalität gewürzte Gefasel lächeln. Und später, wenn ich dem Bund angehören werde und es mit dem Ewigen Edwin, meinem *Belehrer* und *Bekehrer* zu tun kriege, wird der mich wissen lassen, ich sei bisher Gefühlssozialist gewesen, und er wird mir *seinen* Sozialismus zur Ansicht überstellen, aber wenn sich meine Ansicht mit seiner Ansicht nicht haargenau deckt, bin ich für ihn *feindlich*.

Und Edwin, der Ewige, wird mich weiterhin wissen lassen, daß mein literarisches Vorleben kurz nach dem großen Kriege nicht *hinhaut*.

Aber dieser Ranz war doch wirklich ein Krimineller.

Unrealistisch, unerhört! wird der Ewige Edwin sagen, auch wenn dieser Ranz zehnmal kriminell war, hast du nicht so über ihn zu schreiben!

Und der Ewige Edwin hält mir außerdem vor, ich hätte über einen Soldaten unseres Brudervolkes verlauten lassen, er hätte mich fast erschossen, um an deutsche Frauen heranzukommen.

Aber der Soldat war betrunken, und es ist so gewesen!

Naturalismus, nichts als Naturalismus, wird Edwin sagen und er wird darauf beharren, daß ich *so etwas* nicht zu schreiben habe, auch nicht, wenn ich es dialektisch tue, obwohl Edwin die Dialektik sonst nicht genug rühmen kann. Für den Ewigen Edwin ist Kunst nur Kunst, wenn sie so aussieht, wie er sich Kunst vorstellt.

Ich fühle mich für ein Weilchen belehrt und vernichte unter Edwins Obhut alles, was ich nach dem Kriege geschrieben habe, alles, was Edwin nicht für Kunst hält, und ich distanziere mich davon, und ich verbrenne es, und ihr werdet es in meinem Archiv nicht finden.

Meine Mutter hat mir eingepflanzt: Ein anständiger Mensch verabschiedet sich, wenn er davongeht, von Menschen, die freundlich zu ihm, die ihm wohlgesinnt waren. Ich verabschiede mich von den Höhlers. Herr Höhler sagt: Verlieren wir uns nicht aus den Augen, verständigen wir uns brieflich! Frau Höhler sagt: Ich bin sicher, daß wir uns nicht zum letzten Male sehen, ganz sicher. Woher nimmt Frau Höhler diese Sicherheit?

Ich wills gleich vorwegnehmen: Wir sehen uns nie wieder. Ich werde erst siebenunddreißig Jahre später in diesen Garten zurückkommen. Es ist Sommer, fast noch grüner Juni, und die Kirschbäume in der Allee, die neben der Freitreppe einhergeht, hängen voll Süßkirschen. Kein Mensch will sie pflücken. Die Menschen werden sich für reich halten, werden keine Lust haben, kleine Kirschen von Baumzweigen zu klauben. Kirschen, so wähnen sie, bekommen sie müheloser aus Konservenfabriken.

Siebenunddreißig Jahre später! Frau Höhler ist gestorben, und Herr Höhler ist gestorben, und ich stehe vor dem Skelett jener Hütte, in der ich mein Nachkriegsleben begann, vorausgesetzt, daß man ein Leben, wenigstens hypothetisch, in Abschnitte einteilen kann.

Jetzt ist es erst einmal siebenunddreißig Jahre früher, und ich bin auf dem Wege vom Obstgut nach Grottenstadt. Es ist Morgen, und der Morgen ist nebelig, und er muß nebelig sein, weil nicht mehr grüner Juni, sondern November ist, und es ist noch kein Strählchen Taglicht am Himmel. Neben mir geht Fräulein Hanna im ausgewachsenen Mäntelchen. Sie trägt ein blaues Kopftuch, und das ist vom niedergegangenen Nebel lasiert. Ich, wie immer, in meiner Trenker-Hose aus hellem Manchester mit meiner weißen Windbluse und dem grünen Hütchen, kurzum, in der Kleidung, die noch drei, vier Jahre meine *Allroundkleidung* bleiben wird. Fräulein Hanna und ich, wir sind uns sehr nahe, wir ziehen gemeinsam einen Handwagen. Im Handwagen sind zwei Kisten aus dünnen Brettern, die ich mit Griffen und Scharnieren zu Koffern aufgemöbelt habe. Werden Sie mir antworten, wenn ich Ihnen schreibe? fragt Fräulein Hanna und achtet drauf, daß mein rechter und ihr linker Arm sich bei der gemeinsamen Arbeit nicht berühren, und wenn es doch geschieht, sagt Hanna: Entschuldigen Sie. Hanna trägt wie ich das Muster eines *anständigen Menschen* in sich: Man schmeißt sich nicht ran!

Auf dem Innenhof jenes Stadtanwesens, auf dem ich die Mutter meiner Söhne wiedertraf, als ich vor Monaten hier ankam, sitzt ein Kerlchen auf einem Köfferchen. Es sitzt vor der Tür jenes Raumes, den wir dezent als das ehemalige Wachlokal der Amerikaner bezeichnen wollen. Es ist das erste Mal, daß mir der Junge um den Hals fällt, doch ich komme ohne Verdienst zu dieser Vergünstigung, es ist die Vorfreude auf die Reise, die ihn gepackt hat und ihn mir zutreibt. Es ist Jarne, und wo sein älterer Bruder ist, weiß er nicht. Die Mutter ist mit ihm davon, und Jarne weiß nicht, wohin sie gingen.

Ein Jahr später wird mir Frau Amanda, Amy, Aimée den älteren Sohn fast geschäftlich zur Übernahme anbieten. Ich werde für Stunden nach hierher zurückkehren, um den Jungen zu holen. Frau

Amanda wird vorgeben, der Junge habe bei mir auf dem Dorfe mehr zu essen als bei ihr in der Stadt. Später werde ich wissen, daß ein Mann im Spiele war, dem der Junge nicht gefiel. Man soll, wie der Weise sagt, wenn man die Taten eines Mitmenschen beurteilt, ihm weiserweise, wenns mehrere Möglichkeiten gibt, das edle Motiv für sein Tun unterstellen. Ich versuche zuweilen weise zu sein, und manchmal gelingt es mir schon.

Wieder eine Zeit später raubt Frau Aimée mir den älteren Sohn von der Straße weg. Davon kann vielleicht später noch die Rede sein. Nein, ich rechne Frau Amy ihre Unbeständigkeit und ihren Wechselwillen in bezug auf Männer nicht auf. Die Unbeständigkeit gehört zu den Angeburten, mit denen ein Mensch ins sichtbare Leben hineingestoßen wird und mit denen er gewöhnlich ins unsichtbare Leben zurückfährt. Man darf seinen Mitmenschen die Angeburten nicht anrechnen, sagt der Weise, aber rechnen muß man mit ihnen.

Verzeiht, wenn ich schon ein Stückchen in die Zukunft meines ältesten Sohnes hineingriff, wenn ich überhaupt mit der Zeit so verfahre, als wäre sie ein Nichts. Ich gestehe, daß ich mir mit diesen Vorgriffen ein wenig Freude mache, daß ich mir vorkomme wie ein Kleingott, der das Ende einer Geschichte oder das, was so aussieht wie deren Ende, schon kennt, wenn diese Geschichte noch mittendrin ist, sich zu ereignen, oder wenn sie noch nicht zu erkennen gibt, wohin sie gehen wird, und wenn ich als Gottchen vielleicht sogar weiß, daß sie noch weitergeht, wenn das vorüber ist, was wie ihr Ende aussieht. Dieses kleine Wissen scheint mir zu den Freuden der Kleingötter zu gehören. Kurzum, bei dieser literarischen Verfahrensweise handelt es sich um eine Freude, die ich in der Mitte meines Lebens noch nicht kannte, aber jetzt beschreibe ich meine Lebensmitte, wie ich euch schon bekanntgab, vom Ende her, und das ist es, was es ist.

Ich bringe unser Gepäck in den Waggon. Fräulein Hanna beschäftigt sich mit dem Sohn und macht sich nützlich bis zum letzten Augenblick, macht sich unentbehrlich: Wirst du Hanna nicht vergessen? fragt sie den Jungen.

Der Junge weiß keine Antwort. Er steckt schon in den Vorerlebnissen der Reise. Er hat neben der gewinnenden Art seiner Mutter auch etwas von meinem abweisenden Wesen an sich. Du mußt gehen, sagt er zu Fräulein Hanna, sie werden dir den Handwagen stehlen. Hanna winkt großzügig ab, als ob ihr im Garten Eden noch eine Meute von Handwagen zur Verfügung stünde.

Ich bedanke mich bei Fräulein Hanna für die Begleitung. Fräulein Hanna sieht zu mir auf, als erwarte sie noch irgendwelche Zusicherungen. Es springen ihr zwei Haarkringel unterm Kopftuch hervor und in die Stirn, und ich tue etwas Überdiesiges, und ich berühre einen dieser Haarkringel mit dem Zeigefinger, und Fräulein Hanna scheint das für mehr zu halten als das, was es ist.

Ein Jahr später wird ihr Herr Vater brieflich bei mir anfragen, ob es mir was ausmachen würde, einen gesonderten Brief an Hanna zu schreiben, sie sei seelisch erkrankt, rede allweil von mir, und man hoffte, daß es vorübergehen werde, aber ich sei nun mal die Persona grata in ihrem Leben, um es auf lateinisch zu sagen.

Ich schreibe nicht an Fräulein Hanna, ich schreibe nicht einmal mehr der Familie Höhler. Ich bin um diese Zeit selber von Krisen geschüttelt, und ich benutze diese Krisen als Ausreden vor mir, wenn ich nicht an Hanna und nicht an die Höhlers schreibe. Wenn ich mich umsehe, so bin ich damals auf einer Lebensstrecke, in der ich hart und ohne Mitleid bin, und ich schäme mich nachträglich dafür. Ich muß sogar Obacht geben, daß diese Scham nicht zersetzend in den letzten Teil meines Lebens einfällt, und ich kann mich vor solchen zersetzenden Selbstvorwürfen nur retten, indem ich dem großen Leben die Schuld zuschiebe: es hat mich eine Lebensstrecke lang so mitleidlos gemacht.

Siebenunddreißig Jahre später werde ich Fräulein Hanna wiedersehen. Die liebliche Gefährtin und mein jüngster Sohn werden bei mir sein, und wir werden Fräulein Hanna, die jetzt Frau Schiekedanz oder ähnlich heißt, im Gärtchen hinter dem Landhaus finden. Ich bin in Sentimentalität, die mich zuweilen befällt, meiner Vergangenheit nachgelaufen und weil ich mir einbilde, ich könnte diesen beiden lieben Menschen etwas von dieser Vergangenheit vermitteln.

Die Kirschbäume steigen, wie ich schon sagte, noch wie damals neben der Freitreppe bergan. Die Kirschen sind reif, und Wespen umsummen sie. Auch die verschnittenen Buchsbäume stehn noch neben den Treppenstufen und sind noch da, und ihr wißt, in einem von ihnen versteckte ich damals meinen Lodenmantel.

Wir sitzen eine Weile in der Gartenwirtschaft, und ich frage den Pächter nach Fräulein Hanna. Er bringt uns fast gegen unseren Willen zu ihr ins Gärtchen hinter dem Haus. Fräulein Hanna wird füllig geworden sein, quellend und üppig, das, was einmal ein Näschen war, wird eine Nase sein, und das einst blonde Haar wird dunkel gefärbt und onduliert sein. Frau Schiekedanz wird in einem Gartenstuhl liegen und ihre Knie von der Sonne bescheinen lassen. Sie wird mich erkennen, und sie wird sagen: Ach, der Herr Matt, und sie wird es so fern freundschaftlich sagen wie die Verkäuferin im Reformgeschäft in Berlin, die mich nach zehn Jahren wiedersieht. Frau Hanna wird sich halb aufrichten und der lieblichen Gefährtin und meinem Sohn die fleischige Hand entgegenstrecken, und sie wird uns bitten, ein wenig an einem Gartentisch Platz zu nehmen, doch nur mein höflicher Sohn, der die Gastgeberin nicht verletzen will, wird sich setzen, und wir setzen uns nicht. Es lag nicht in unserer Absicht, Frau Schiekedanz zu überfallen. Es hätte nur in unserer Absicht gelegen, die alte Hütte und das Obstgut zu sehen, entschuldigen wir uns, aber ich bin nur oberflächlich in meinen Entschuldigungen; ich bin damit beschäftigt, die dunkle füllige Frau, die ich halb sitzend, halb liegend vor mir habe, mit dem lichten schlanken Mädchen Hanna in Deckungsgleichheit zu bringen, aber ich werde von meinem jüngsten Sohn dabei unterbrochen. Dieser sonst so stille und gemäßigte Sohn springt auf und tut ein paar Abwehrschläge in die Luft. Er hat mit dem

Knie an den Ball eines Wespennestes gestoßen, das diese getigerten Insekten an der Unterseite des Gartentisches angebracht haben, und die Wespen greifen an. Oi, meine Wespen! sagt die Frau, die einmal das Mädchen Hanna gewesen ist. Die Wespen hatch ja goanz und goar vergasse. Sie sagt es im Dialekt und im Tonfall einer thüringischen Hausfrau. Das verhalten vornehme Thüringisch, das das Mädchen Hanna einst sprach, scheint von der Zeit zerfressen, zersetzt, vergröbert zu sein. Sie sinn sonst liebe Dierchen, meine Wespen, sagt das ehemalige Fräulein Hanna, ich lieg hier und schloaf, und sie dun mir nischt.

Frau Schiekedanz wird uns vorschlagen, das Gärtchen zu verlassen, weil die Wespen keine Ruhe geben, und sie bringt uns dazu, mit ihr nach vorn in den *Kaffeegarten* zu gehen, und wir setzen uns dort nieder.

Ich versuche ein paar Erlebnisse von damals aufzutischen: Wissen Sie das noch, Frau Hanna? Können Sie sich daran erinnern?

Frau Hanna kann sich erinnern, daß wir hin und wieder in der Gartenhütte saßen, wenn es Abend wurde, aber weshalb wir dort saßen, weiß sie nicht mehr. Sie kann sich an einen Herrn Ranz erinnern, der dann Landrat wurde, und für sie ist dieser Herr Ranz immer noch Landrat. Für Frau Hanna Schiekedanz scheint es keine Plätze in der Vergangenheit zu geben, auf denen sie hin und wieder betrachtend ausruht. Vom Abitur, das sie gewiß gemacht hat, sagt sie nichts. Das scheint etwas Überflüssiges in ihrem Leben gewesen zu sein. Sie hat die meiste Zeit unten in der Stadt als Kochfrau gearbeitet, erzählt sie, und sie nennt eine berühmte Gaststätte. Und jetzt, sagt sie, sitz ich an der Pforte in der Waschmaschinenfabrik. Das heißt, sie ist Pförtnerin in jener Fabrik, die früher *Schädlichs Waschmaschinenfabrik* genannt wurde, und dort in der Pförtnerei hat man mich vor vierzig Jahren abgewiesen, als ich *Hilfsarbeit* suchte. Jetzt wird dieser Betrieb *Volkseigene Waschmaschinenfabrik* heißen, und alles wird so sein, wie es sein muß.

Frau Hanna Schiekedanz weiß, daß ich Bücher geschrieben habe. Sie hat meine Bücher sogar ihren Abitur-Freundinnen, die damals hier im Garten arbeiteten, in den Westen, das meint, in die Bundesrepublik, geschickt, aber es ist nicht die Rede davon, daß auch Frau Hanna eines meiner Bücher gelesen hat. Frau Schiekedanz ist bestrebt, uns zu beweisen, daß auch ihr Leben Bemerkenswertes aufzuweisen hat. Sie erzählt von einem ihrer Brüder: Zuerst sei er Kellner gewesen, dann wurde er ein berühmter Gaststättenleiter, und einmal sei sogar Churchill bei ihm zu Gast gewesen. Denken Sie nur! Es wird noch fehlen, daß wir dieses Ereignis aus Höflichkeit bestaunen und an Frau Schiekedanz den Nebenglanz entdecken, den dieser Churchill-Besuch in der Gaststätte ihres Herrn Bruders auf sie wirft.

Mir fällt in diesem Augenblick jener Brief des Herrn Höhler ein, in dem er mir mitteilte, daß die arme Hanna sich vorübergend in einer *Psychiatrie* befände, und es wird mir trotz der vollen Nachmittagssonne, trotz des reifenden Weizenfeldes am Hang, trotz der Kirschenfülle an den Bäumen, trotz des heißen Nachmittags ein wenig kühl, und wir werden uns bei Frau Hanna bedanken und aufbrechen.

Es hätte keinen Sinn gehabt, Frau Hanna an jene Tränen zu erinnern, es waren drei oder vier, die sie verlor, als wir, mein Sohn Jarne und ich, durch die Schiebetür in den Güterwagen krochen, um uns auf meine Kofferkisten zu setzen. Man erinnert nachsichtigerweise niemand an Tränen, die aus einem Grund geweint wurden, der lang, lang verklungen ist, und wenn ich diese Tränen hier dennoch aufzeichne, dann, damit sie nicht ganz umsonst verloren wurden, und damit ich in der naiven Hoffnung sterben kann, sie durch Buchstaben und Worte ein wenig unvergessener gemacht zu haben.

AtV

Band 5414 **Erwin Strittmatter**

Der Wundertäter I–III

Romantrilogie

1670 Seiten
42,00 DM
ISBN 3-7466-5414-9

Die Wundertäter-Trilogie (1957–1980) zeichnet humorvoll den dornenreichen Weg des Stanislaus Büdner aus Waldwiesen vom poetisierenden Bäckergesellen zum kritischen Schriftsteller nach.

AtV

Band 1032 **Erwin Strittmatter**
3/4hundert
Kleingeschichten

Erstmals als Taschenbuch

144 Seiten
12,80 DM
ISBN 3-7466-1032-X

„Man wähnt, die Anpassung der Lebewesen an neue Verhältnisse habe sich in weit hinter uns liegenden Zeiten (etwa nach der Eiszeit oder nach dem Zurückweichen der Gewässer auf der Erde) vollzogen. Der Wendehals belehrte mich, daß diese Anpassung unaufhörlich stattfindet", schrieb Erwin Strittmatter, als er 1971 seine 3/4hundert Kleingeschichten verfaßte, in denen noch von vielen anderen Tieren die Rede ist: von Bleßhühnern, Enten, Schildkröten, Käuzen, Rehen, Pferden und Tauben.
Lebenskenntnis, Naturverbundenheit, Entdeckungsfreude, Witz, Humor und ein tiefes Gefühl für Landschaft und Leute der Mark Brandenburg zeichnen diese Kurzgeschichten aus.

AtV

Band 5403

Erwin Strittmatter
Sulamith Mingedö, der Doktor und die Laus

Drei Nachtigall-Geschichten

164 Seiten
14,90 DM
ISBN 3-7466-5403-3

Erwin Strittmatter nennt sie Forschungsberichte: jene Geschichten, in denen er dem Zustand von Poesie und Schwerelosigkeit aus Kindheit und Jugend nachspürt. Vom Tausendkünstler Charlie Wind und seinem Versuch, seßhaft zu werden, wird erzählt. Oder vom Puppenspielermädchen Sulamith Mingedö, das auf die Läusebank der Schule verbannt wurde, von gefälschten Liebesbriefen, dem traurigen Ende eines Hundes, von den weltfremden Damen Rasunke und deren Anteil an der Bildung ihres Chauffeurs.

AtV

Band 5401 **Erwin Strittmatter**

Die blaue Nachtigall oder Der Anfang von etwas

Nachtigall-Geschichten

122 Seiten
12,90 DM
ISBN 3-7466-5401-7

Diese vier Erinnerungen, zu einem Zyklus verbunden, sind Lebensbericht und literarische Erfindung zugleich, biographische Geschichten mit hintergründigem Witz und Humor und manchmal satirisch. Erwin Strittmatter erzählt von seinem lesehungrigen Onkel Phile, davon, wie er seinen Großvater kennenlernte, von Pferdehandel und Pferderaub und schließlich – von der blauen Nachtigall, die aufflog, als der Dichter sich aus den Armen seiner Geliebten löste.

AtV

Band 5404

Erwin Strittmatter
Ole Bienkopp

Roman

404 Seiten
19,90 DM
ISBN 3-7466-5404-1

„Was ist ein Dorf auf dieser Erde? Es kann eine Spore auf der Schale einer faulenden Kartoffel oder ein Pünktchen Rot an der besonnten Seite eines reifenden Apfels sein."
Zwischen diesen Sätzen am Anfang und am Ende eines der wichtigsten und eindrucksvollsten Romane aus dem Osten Deutschlands erzählt Strittmatter das Leben des Bauern Ole Bienkopp, der den schönsten aller Träume, den von der Gerechtigkeit, träumt, der enttäuscht wird, am Ende tot ist und der den Leser klüger als zuvor und überhaupt nicht traurig zurückläßt.

AtV

Band 5407 **Erwin Strittmatter**
Der Laden

Roman • Erster Teil

544 Seiten
17,90 DM
ISBN 3-7466-5407-6

Ein folgenschwerer Tag ist jener 15. Juni 1919 für Esau Matt: Die Familie zieht um nach Bossdom. „Brod-, Weissbäckerei, auch Colonialwarenhandlung" steht über dem Laden, den die Eltern mit nichts als Geborgtem erworben haben. Von nun an wird Esau *Bäckersch Esau* sein und bleiben, und der Laden wird tyrannisch in den Familienfrieden eingreifen. Bis Esau als *hocher* Schüler das Gymnasium in der Stadt besucht, ereignen sich mehr Geschichten in der Heide, als selbst die Anderthalbmeter-Großmutter, genannt Detektiv Kaschwalla, registrieren kann. Esau hat sie bewahrt: im Kopf und im Herzen, und wenn Erwin Strittmatter ihn davon erzählen läßt, bilden die Matts, der Laden, das Dorf die Scherben, in denen sich der Erdball spiegelt.

AtV

Band 5408 **Erwin Strittmatter**
Der Laden

Roman • Zweiter Teil

496 Seiten
17,90 DM
ISBN 3-7466-5408-4

In der Souterrainwohnung der Pensionseltern sehnt sich Esau Matt die Woche über nach seinem Niederlausitzer Heidedorf. Der ewige Familienstreit um den Laden kommt in seinen Träumen nicht vor. Nun gehört Esau nicht richtig zu Bossdom und nicht richtig zu Grodk bis das Motorrad kommt, mit dem er in die verlottertste Zeit seines Lebens hineinbraust. Ein Schlag ins Gesicht des Lehrers Dr. Apfelkorn, aus Eifersucht und ererbten Jähzorn, beendet für ihn die Zeit der *hohen Jungsenschule*, die Zeit, in der Esau geheime Kräfte in sich entdeckte und sich die Neugier auf Leben ihm für immer einbrannte.

AtV

Band 5409

Erwin Strittmatter
Der Laden

Roman • Dritter Teil

464 Seiten
17,90 DM
ISBN 3-7466-5409-2

Es würde Land verteilt, hatte die Mutter geschrieben, und Esau Matt ist wieder nach Bossdom gekommen. Um fast zwei Jahrzehnte sind alle älter geworden, und ein Weltkrieg liegt hinter ihnen.
Von neuem ist Esaus Leben mit dem Geschick des Familienladens verbunden und auf besondere Weise auch mit den Schicksalen der Bossdomer. Denn Esau Matt, gelernter Bäcker und heimlicher Schriftsteller, ist ein Menschenbeobachter und Geschichten-Finder.
Und dafür gibt es in der Heide genug Stoff. Hinter all den Geschichten über die heiteren und dunklen Stunden im Dorfalltag und die Zerwürfnisse und Versöhnungen in der eigenwilligen Familie Matt zeichnen sich die „Spuren und Spürchen" einer Zeit ab, die voller Wirrungen und Hoffnungen war.